FÊTE DE FAMILLE FATALE

JULIETTE SACHS

City
Roman

ISBN : 978-2-8246-1683-4
Code Hachette : 43 8791 7

Collection dirigée par Christian English & Frédéric Thibaud
Catalogues et manuscrits : city-editions.com

Dépôt légal : Avril 2020

À Monique et Jean, qui m'ont enseigné les règles
de ce jeu ô combien difficile qu'est le bridge.
J'espère être parvenue à en maîtriser
les subtilités mieux que mon héroïne.

Prologue

Je tape contre la porte vitrée de ma cellule pour tenter d'attirer l'attention de mes geôliers. Depuis le temps que je croupis ici, personne ne s'est occupé de moi. Je ne m'attends pas à ce que l'on m'apporte une bière et des cacahuètes. J'ai bien compris que la maison ne fournissait pas ce type de service. Mais m'accorder un verre d'eau et, soyons fou, une excursion aux toilettes, me semble être le minimum au pays des droits de l'homme. Je frappe plus fort contre l'épaisse paroi de verre. Ameuté par mon raffut, un type avec une tronche à faire accoucher une femme enceinte apparaît au bout de l'étroit couloir en ciment gris. Même sous la lumière blafarde des néons, je devine à ses traits crispés qu'il est furieux. Il se précipite vers moi d'une démarche rapide qui fait ballotter le pistolet qu'il porte à la ceinture. À la réflexion, j'aurais sans doute mieux fait de la jouer profil bas.

I

Deux jours plus tôt

Par la vitre de la voiture, j'admire le paysage d'hiver qui défile sous mes yeux. Un fin tapis blanc recouvre la campagne. Des nuages moutonneux parsèment le ciel bleu de cette fin décembre. Dans les villages que nous traversons, sapins enguirlandés, rennes, bonshommes de neige et autres décorations annoncent les festivités qui se préparent. Noël est la période de l'année que je préfère. Celle où, le temps d'une journée, les familles et amis se rassemblent et oublient leurs différends. Celle des cadeaux et des festins gargantuesques. Celle de la charité et du bonheur. Pourtant, j'ai une boule au ventre à l'approche de notre destination. La voix chaude de Marc me tire de mes pensées.

— Tout va bien, Camille ? Tu parais soucieuse.

J'esquisse un sourire forcé.

— Je me demandais juste si j'avais bien pensé à prendre les cadeaux pour ta famille.

Je préfère lui mentir plutôt que de lui avouer que j'ai autant envie de passer une semaine en compagnie de ses parents que de me faire arracher une molaire sans anesthésie. Brigitte et Edmond sont si intelligents, si diplômés, si éduqués, si parfaits… Et si soporifiques.

La première et unique fois que je les ai rencontrés, c'était au restaurant, il y a deux mois. Edmond, son père, a monopolisé la conversation jusqu'au dessert pour faire l'éloge d'un ouvrage de Nietzsche qu'il venait de terminer. Retraité depuis cinq ans, il était auparavant professeur de philosophie à l'université de Strasbourg. C'est dans cette faculté que quarante ans plus tôt, il a rencontré sa femme, Brigitte, qui y enseignait l'histoire. Après le discours de son époux sur Nietzsche, j'ai donc dû avaler mon fondant au chocolat en me tapant toute la biographie de Saint Louis. Et impossible de me contenter d'acquiescer en silence, car elle a poussé le vice jusqu'à me poser des questions. « Et saviez-vous, Camille, qu'il rendait la justice sous un chêne ? » Non, belle-maman, et je m'en tamponne l'oreille avec une babouche, de Saint Louis et de son chêne. Bien sûr, je n'ai pas répondu cela et me suis contentée d'un courtois et hypocrite « Ah bon ? Incroyable. »

L'histoire et la philosophie faisaient partie des matières que j'exécrais au lycée (tout comme les mathématiques, la physique, la biologie, le latin, l'anglais…). Alors, j'imagine déjà les discussions ô combien passionnantes qui ne manqueront pas d'égayer cette semaine de vacances. Non seulement je vais crever d'ennui, mais en plus mon inculture sera étalée au grand jour. C'est surtout vis-à-vis de Marc que ça m'embête. Car il n'est pas uniquement mon petit ami. Il est aussi le rédacteur en chef de la *Gazette de Perclin.* Mon boss, en d'autres termes. Malgré mes grands principes (on ne mélange pas l'amour et le travail, on ne couche pas avec son patron et autre devise du même genre), j'ai succombé à son charme six mois plus tôt. Il faut dire qu'il est bel homme et qu'il ne fait pas ses cinquante ans. Avec ses cheveux poivre et sel et son sourire aux dents blanches et bien alignées, il ressemble à George Clooney.

Mais vu la semaine qui m'attend, il ne sera bientôt plus ni mon patron, ni mon amoureux. Car qui voudrait employer une journaliste dont l'ignorance est aussi profonde qu'un puits sans fond ? Au mieux, il me cantonnera l'an prochain à la rubrique des chiens écrasés. Au pire, il me virera. Et cela sonnera le glas de notre belle histoire d'amour. Je vois déjà l'année 2020 se profiler comme un retour à la case départ : célibataire à quarante ans et sans avenir professionnel. C'était bien la peine que je risque ma vie six mois aupravant pour décrocher le plus beau scoop de ma carrière[1] !

Non, hors de question que je laisse l'histoire et la philosophie briser mon couple et mon emploi ! J'ai donc concocté un plan infaillible : apprendre en accéléré ces deux disciplines. Et quoi de mieux pour cela que les livres audio ? L'information sera enregistrée par mon cerveau sans que j'aie rien à faire. Je me penche et fouille dans mon sac à main posé à mes pieds. Au milieu du bazar qui y règne, je parviens à extirper mon casque audio, dont les fils sont comme d'habitude enchevêtrés de façon inextricable. Je pousse un profond soupir et m'attelle au démêlage. Marc me jette un coup d'œil inquiet.

— Tu es sûre que tout va bien, ma chérie ?

1. Références à *On n'attire pas les hirondelles avec du vinaigre*, du même auteur, dans lequel Camille enquête en secret sur des meurtres de femmes commis dans sa ville.

Sa sollicitude me réchauffe le cœur. Non content d'être séduisant, il est également aux petits soins pour moi. Sans parler du fait qu'il m'a sauvé la vie[1]. Comment voulez-vous résister à un homme aussi parfait ?

— Ce n'est rien, je suis juste impatiente d'être enfin arrivée. Ça ne t'ennuie pas, si j'écoute de la musique sur mon smartphone pour passer le temps ?

Je croise les doigts derrière mon dos à m'en faire blanchir les jointures pour atténuer mon double mensonge.

— On peut mettre ta musique sur l'autoradio, si tu préfères. Tu veux écouter quoi ?

— Non !

La réponse a jailli de ma bouche. Marc quitte un instant la route des yeux pour me dévisager de ses iris brun noisette pailletés de vert. Je tente une explication.

— Tu vas détester. Ce sont des chansons de fille. Des trucs mièvres.

— Donne-moi un exemple, on ne sait jamais. Je peux te surprendre, réplique-t-il avec un sourire malicieux.

— Heu…

Je ne peux pas lui révéler que je m'apprête à potasser de la philo. Il faut que je lui cite un artiste qu'il déteste pour le convaincre de renoncer. Sous l'effet de la panique, c'est le trou noir. Rien ne me vient.

— Oui ? insiste Marc.

Je passe une main dans mes boucles brunes pour gagner du temps, comme si je cherchais à démêler un nœud invisible. Il prend mon silence pour un acquiescement et allume l'autoradio. J'aperçois un panneau publicitaire sur le bord de la route vantant la lingerie

1. Voir *On n'attire pas les hirondelles avec du vinaigre*.

Chantal Thomass. Dans l'affolement, une association improbable se forme dans mon esprit.

— Chantal Goya !

C'est tout ce que j'ai trouvé. J'ai toujours été mauvaise en improvisation. Mes joues s'empourprent sous l'effet de la honte. Le visage de Marc se fend d'un sourire amusé et il pose une main sur mon genou.

— Tu as raison, je vais te laisser écouter ça au casque.

Je ne me le fais pas dire deux fois et enfonce les écouteurs dans mes oreilles.

« Friedrich Wilhelm Nietzsche est né à Röcken, en Prusse, le 15 octobre 1844, dans une famille pastorale luthérienne. Après avoir renoncé à la carrière de pasteur, Friedrich Nietzsche étudie la philologie et s'intéresse à Arthur Schopenhauer[1]*. »*

Je clique sur pause. C'est qui, Schopenhauer ? J'ouvre mon appli de livres audio et tape « biographie de Schopenhauer » dans le moteur de recherche. Le prix d'achat est exorbitant mais mon couple et mon emploi valent bien ça. Lorsque j'aurai terminé les trois heures d'écoute sur Nietzsche, je passerai à Schopenhauer. Et je pourrai ensuite enchaîner avec mon titre suivant, *L'Histoire de France, des Carolingiens à nos jours*. J'effectue un rapide calcul : si je ne dors que deux heures cette nuit, je peux avoir fini les trois d'ici le lever du jour !

Une secousse sur l'épaule me réveille en sursaut. Je pousse un cri.

— Hein, quoi, c'est déjà l'heure de la récré ?

1. Source : Wikipedia.

Je frotte mes yeux verts collés par le sommeil et découvre le visage perplexe de Marc penché sur moi.

— Désolé, je ne voulais pas te faire peur. Je ne pensais pas que tu dormais si profondément. Je t'ai tirée d'un cauchemar ?

— Heu, si on veut. Je rêvais que j'étais de retour au lycée, en cours de philo.

Merde, la philo !

Je rallume l'écran de mon smartphone et constate, dépitée, que j'ai manqué deux longues heures de la bio de Nietzsche. Je suis bonne pour une nuit blanche si je veux rattraper mon retard. Je réprime une grimace à cette pensée. Pas la peine d'alerter Marc. Il ne comprendrait pas pourquoi je suis si désespérée d'avoir raté ma playlist de Chantal Goya.

— On est arrivés, m'annonce-t-il en descendant de voiture, inconscient du drame qui vient de me frapper.

Je plaque un sourire forcé sur mes lèvres et ouvre ma portière pour l'aider à sortir les bagages du coffre. Je suspends mon geste lorsque j'aperçois l'immense demeure de trois étages qui se dresse devant moi. La façade comprend une douzaine de fenêtres et sur le toit en ardoise s'élèvent deux cheminées. Au centre, une balustrade en pierre garnie de colonnes surplombe les marches menant à la double porte d'entrée.

— C'est ici ? demandé-je d'un ton ahuri. On dirait un château !

Marc laisse échapper un rire.

— J'ai oublié de te prévenir que mes parents habitaient la maison de la famille Adams.

J'observe la bâtisse de plus près et, à la réflexion, il dit vrai. Elle paraît lugubre. Les pierres apparentes, qui devaient être de couleurs variées autrefois, sont teintées d'un gris foncé uniforme et les carreaux des fenêtres sont si vétustes qu'ils en sont devenus opaques.

— Effectivement, elle aurait besoin d'un léger ravalement.

— Un énorme ravalement, même ! Et je ne te parle même pas de l'état de la chaudière. Tu comprends pourquoi j'ai insisté pour que tu prennes des pulls en laine.

— Mais pourquoi tes parents la laissent-ils dépérir ainsi ? Elle devait être splendide, jadis.

— Ils n'ont pas les moyens de financer toutes les réparations. Leurs retraites de profs leur permettent à peine de payer les frais de chauffage. J'ai bien essayé de les convaincre de déménager dans une maison plus facile à entretenir, mais ils ne veulent rien savoir. Cette demeure est dans la famille de mon père depuis cinq générations. Ce serait un déchirement pour lui de s'en séparer.

Nous n'avons pas le temps de poursuivre notre conversation. Une voix féminine nous interpelle.

— Ah, vous voilà enfin !

Sur les marches du perron, la longue et mince silhouette de Brigitte Postant vient d'apparaître. Son visage sévère surmonté d'un chignon gris et strict a dû terroriser plus d'un élève du temps où elle enseignait l'histoire. J'ai beau avoir quitté les bancs de l'école depuis longtemps, quand elle pose ses yeux brun foncé sur moi, je ne peux m'empêcher d'avoir envie de disparaître dans un trou de souris. Elle a soixante-dix ans et est déjà deux fois grand-mère. Théo, le fils de Marc, passe les fêtes avec sa maman et ne sera donc pas parmi nous. En revanche, Jules, son neveu, sera des nôtres. Comme ses parents, diplomates en Ukraine, ne pouvaient pas poser de congés, ils l'ont envoyé chez ses grands-parents pour les vacances scolaires.

J'attrape le sac de voyage que Marc vient de sortir du coffre et rassemble mon courage pour marcher à la rencontre de sa mère.

— Bonjour Brigitte, dis-je de ma voix la plus affable en me penchant pour l'embrasser sur la joue.

— Bonjour Catherine.

Je me liquéfie sur place. Ça commence bien ! Elle ne se souvient même plus de mon prénom. Vite, un trou de souris !

— C'est Camille, Maman, intervient Marc qui me rejoint avec les valises.

— Oui, bien sûr, suis-je bête. Je me souvenais qu'elle avait un prénom de reine, mais j'avais oublié laquelle.

Elle se tourne vers moi et m'adresse un sourire entendu. J'ouvre la bouche mais la referme aussitôt façon huître. Pour meubler le silence, j'émets un ricanement nasal.

— Vous avez compris ma méprise, bien entendu ? m'interroge-t-elle comme si mon humiliation n'avait pas atteint un niveau suffisant.

Heu, elle me prend pour Wikipédia ou quoi ?

Heureusement, mon chéri vole à mon secours.

— Allons, Maman, arrête de taquiner Camille. Tout le monde n'engloutit pas les livres d'histoire au petit-déjeuner.

Brigitte me tapote l'épaule avec compassion.

— Pas d'inquiétude, nous allons profiter de votre séjour parmi nous pour combler vos lacunes en histoire. Quant à ma plaisanterie, je faisais bien sûr référence à Catherine de Médicis, femme d'Henri II et mère de Charles IX et à la légendaire reine Camille des Volsques.

J'esquisse un sourire crispé.

— Ah, heu, oui, bien sûr.

Elle ne paraît pas se formaliser de ma réponse laconique et nous invite à la suivre à l'intérieur. Nous pénétrons dans un immense hall dont le sol est recouvert de carreaux de ciment aux motifs géométriques. Au centre de la pièce, un escalier en marbre blanc doté d'une balustrade en fer forgé dessert les étages supérieurs. J'ai l'impression de pénétrer dans un château du XVIIIe siècle.

— Edmond ! Marc et Camille sont arrivés !

Son cri résonne sur les murs en pierre beige. Enfin, mon beau-père apparaît sur le palier. C'est un homme à la stature imposante. Malgré ses soixante-quinze ans, ses cheveux demeurent d'un noir de jais et contrastent avec ses sourcils blancs en broussaille.

— Je vous prie de bien vouloir m'excuser, j'étais plongé dans la biographie de Spinoza. La façon dont il concilie déterminisme et liberté est tout simplement passionnante ! Il faudra que je vous explique cela pendant le dîner.

Ô joie. Quelle charmante perspective…

— En attendant, que diriez-vous de commencer par un apéritif ? propose ma belle-mère en jetant un coup d'œil à la grande horloge en bois qui trône dans la pièce. Il est déjà dix-neuf heures.

Pour un peu, je me jetterais à son cou tant cette idée me réjouit. Une bonne bière pour noyer mon ennui ! Voilà ce qu'il me faut. Enfin, à dire vrai, pour encaisser un débat sur Spinoza, une demi-douzaine de cannettes serait un minimum. Mais je crains que descendre la bière par fût de cinq litres ne fasse pas partie des qualités recherchées chez une belle-fille comme il faut.

— Avec plaisir, Maman. Donne-nous un quart d'heure, le temps de monter nos affaires dans notre chambre.

Marc attrape nos bagages et je le suis dans l'escalier circulaire. Nous montons jusqu'au deuxième étage et arpentons un couloir interminable au sol recouvert d'un tapis bleu et noir.

— Mes parents et mon neveu ont leurs chambres au premier, m'explique-t-il. Nous serons donc les seuls à loger au deuxième. Comme ça, on pourra faire tout le bruit qu'on voudra.

Il se tourne vers moi et m'adresse un clin d'œil coquin. Comme s'il avait appuyé sur un bouton, je sens mes organes se mettre à danser la salsa. Je secoue la tête pour chasser les images érotiques qui se bousculent dans mon esprit, avant de perdre le contrôle et de lui sauter dessus pour lui arracher sa chemise.

Arrivé au bout du couloir, il s'arrête devant une porte en bois vernis. Au centre de la poignée ronde en laiton est gravée une rose. Marc surprend mon regard admiratif.

— Ce sont les armoiries de mon arrière-arrière-grand-père.

— C'est splendide, dis-je, d'une voix enthousiaste.

— Et attends de voir la chambre !

Il tourne la poignée et s'efface pour me laisser entrer. Je m'immobilise sur le seuil, le souffle coupé face au décor que j'ai sous les yeux. La pièce fait à elle seule la taille de mon appartement. Au milieu du luxueux parquet en chêne trône un lit king size à baldaquin surplombé de tentures en soie bleu marine. Trois des murs sont peints en rose pâle, tandis que le dernier est recouvert de boiseries aux tons bleu clair. Les deux immenses fenêtres sont encadrées par d'épais rideaux en velours jaune. Une cheminée en marbre noir achève de donner à l'ensemble des allures de palais de conte de fées.

— Wouah ! Incroyable !

Marc me prend la main et m'entraîne vers une discrète porte au fond de la pièce, que je n'avais pas aperçue. Il l'ouvre dans un geste théâtral et annonce :

— La salle de bains de Madame !

Je pousse un nouveau cri d'émerveillement face à la baignoire sur pieds gigantesque, au miroir doré et aux vasques en albâtre. Je ne résiste pas à l'envie de sortir mon smartphone pour immortaliser ce décor de princesse. Pendant que j'en mitraille les moindres détails, Marc commence à vider nos valises. Je le rejoins et m'étonne :

— Je croyais que tes parents n'avaient pas les moyens d'entretenir la maison ? Pourtant, notre chambre est luxueuse !

— C'est la seule pièce habitable de l'étage. Toutes les autres sont trop délabrées pour être utilisées. Fenêtres qui laissent entrer le froid, plancher vermoulu, papiers peints moisis et j'en passe. Et à l'étage du dessous, ce n'est guère mieux. Mes parents ont fait rénover leur chambre, celle de mon neveu et la chambre d'amis, mais le reste est à l'abandon.

Son visage se chiffonne à l'évocation de l'état de dégradation de la demeure familiale. Mon cœur se serre de le voir aussi peiné. Je passe un bras autour de son cou et lui plante un baiser sur la joue.

— Je suis certaine que vous trouverez une solution pour que cette vieille bâtisse retrouve son allure d'antan.

Il a un haussement d'épaules résigné.

— J'en doute. Allez, assez de lamentations, il est temps de descendre prendre l'apéritif.

2

Nous retrouvons ses parents dans le salon. En comparaison avec notre chambre, la pièce paraît plus vétuste. Les papiers peints sont défraîchis, les rideaux ont connu des jours meilleurs et le vernis du parquet est écaillé par endroits. L'ensemble reste néanmoins accueillant et confortable.

Brigitte et Edmond sont installés dans un canapé en tissu rouge et or recouvert d'arabesques évoquant des feuilles de platane. Marc et moi prenons place face à eux, dans des fauteuils assortis. Une vague odeur de moisi émane de l'étoffe usée.

— Alors, Camille, comment avez-vous trouvé votre chambre ? m'interroge mon beau-père en se penchant vers moi.

— Somptueuse ! dis-je avec un entrain sincère.

Un sourire ravi éclaire son visage. Il se tourne vers son épouse.

— Tu vois que nous avons eu raison de rénover cette pièce !

Cette dernière pince les lèvres.

— Tu ne m'enlèveras pas de l'esprit qu'il aurait été plus judicieux de refaire le salon. Regarde le canapé : le revêtement est complètement élimé !

Son mari pousse un soupir agacé. Marc intervient avant que la situation ne dégénère.

— Jules n'est pas là ? demande-t-il pour faire diversion.

— Tu connais ton neveu, il est encore enfermé dans sa chambre à écouter sa musique. Je l'ai appelé trois fois. Il me répond qu'il arrive, mais ne daigne pas descendre pour autant.

— Je m'en charge, annonce Marc.

Il se lève et bientôt, nous entendons ses pas déterminés gravir les marches en pierre de l'escalier.

Jules a fêté ses dix-huit ans cette année. Je ne l'ai jamais rencontré, mais d'après Marc, c'est un adolescent dans toute sa splendeur, plus motivé par les fêtes et les beuveries que par les études. Moralité, il enchaîne les échecs scolaires, au grand désarroi de ses parents et surtout de ses grands-parents, tous deux anciens professeurs.

Cinq minutes plus tard, mon chéri réapparaît, accompagné d'un grand échalas aux cheveux blonds et aux lunettes rondes cerclées de métal. On dirait Harry Potter en format géant. Il s'avance vers nous d'une démarche gauche et traînante, ses longs bras se balançant en rythme le long de ses jambes interminables.

Ma belle-mère salue l'arrivée de son petit-fils d'un ton agacé.

— Enfin ! Nous avons bien cru que tu allais passer la soirée dans ta chambre !

Une grimace tord le visage rêveur d'Harry Potter. Marc fait les présentations avant qu'il n'ait le temps de répliquer.

— Jules, voici Camille.

Je me lève pour lui faire la bise. Il ne s'est pas rasé ce matin et le contact de ses poils m'irrite les joues. Rien à voir avec la peau douce et satinée de mon cher et tendre ! Marc et son neveu sont si différents qu'on peine à les croire de la même famille. D'un côté, le quinquagénaire sûr de lui, charismatique, à la chevelure noire de jais striée de gris et à la silhouette athlétique et bien proportionnée. De l'autre, un blondinet grand et maigre, aux manières maladroites, qui semble en permanence dans la lune.

— S'lut ! me lance-t-il en guise d'accueil. Bienvenue dans la famille Grosses Têtes.

— Jules, gronde son grand-père d'une voix menaçante, tu ne vas pas commencer…

— Ouais, ouais, c'est bon, j'ai rien dit.

Il se laisse tomber de toute sa hauteur dans un fauteuil, qui proteste dans un bruit de grincement face à cet assaut brutal. Brigitte ferme les paupières et secoue la tête. On dirait que son petit-fils lui en fait voir de toutes les couleurs.

— Maintenant que tout le monde est enfin là, qu'est-ce que je vous sers ? s'enquiert Edmond à la cantonade.

Marc, fidèle à ses habitudes, prend un whisky. Jules demande un verre de vin et sa mère un jus de tomates.

Mince, j'espère qu'ils ne sont pas du genre à être choqués par les femmes qui boivent de l'alcool, sinon je suis mal barrée…

— Et vous, Camille, que souhaitez-vous boire ?

J'hésite. Je ne voudrais pas passer pour une alcoolique dès le premier jour. D'un autre côté, je sens qu'il va me falloir un peu d'aide pour surmonter la soirée.

— Heu… une bière ?

Je murmure du bout des lèvres et guette leur réaction. Une lueur d'amusement traverse les prunelles marron de Marc. Mon beau-père, quant à lui, passe la main dans ses cheveux noirs, d'un air perdu.

— Une bière ? C'est-à-dire que nous n'avons pas de bière. Je suis navré. Peut-être qu'un Coca-Cola fera l'affaire ?

Un instant, je reviens, je vais me suicider.

La repartie me brûle les lèvres. Un Coca ? Et pourquoi pas un lait-fraise, tant qu'il y est ? J'ai débarqué dans la maison de l'enfer ! Non seulement ils n'ont pas de bière dans le frigo, mais en plus ils imaginent qu'une boisson sans alcool pourrait être une compensation valable.

Marc, qui me connaît par cœur, remarque mon désarroi et s'empresse de sauver la situation.

— Je crois qu'un verre de vin blanc serait plus approprié, Papa.

Il se tourne vers moi et ajoute avec un clin d'œil :

— Demain, nous ferons un saut au supermarché pour faire le plein de bières.

Je lui envoie un baiser du bout des lèvres. C'est mon héros !

— Trop cool, s'exclame Jules, qui semble tout d'un coup beaucoup plus animé. Je suis trop content que tu sois là, Camille. D'habitude, il n'y a jamais rien à boire de fun ici.

Mon beau-père s'absente à la cuisine et revient avec un plateau dans les bras, chargé de nos verres, d'olives vertes et de Curly. La salive me monte à la bouche. Je suis accro à ces gâteaux. J'ai beau savoir qu'ils sont bourrés de gras et que mon tour de taille fera la gueule le lendemain, dès qu'un sachet est ouvert devant moi, je ne réponds plus de rien. Aujourd'hui, c'est encore pire puisque je n'ai dans le ventre que le maigre sandwich avalé sur l'aire d'autoroute ce midi. Je m'agite sur ma chaise, tandis qu'il dispose le contenu de son plateau sur la table basse. À mon grand désespoir, il retourne à la cuisine le ranger au lieu de s'installer avec nous. Politesse oblige, impossible de commencer à manger sans lui. L'œil rivé sur le ramequin en faïence bleu, je compte dans ma tête les secondes qui séparent mes papilles gustatives du Précieux. Enfin, Edmond fait son retour parmi nous. Il est sur le point de s'asseoir lorsqu'une sonnette retentit. Il suspend son mouvement et se redresse en lançant un regard interrogateur à son épouse.

— Qui peut nous rendre visite à cette heure-ci ?

Elle se tape le front du plat de la main.

— Suis-je bête ! J'avais oublié que Lucie Tranoy devait passer.

Elle se lève et se précipite vers le hall d'entrée. J'observe avec abattement le bol de Curly. J'ai presque l'impression de les entendre me chuchoter « Allez, Camille, oublie tes bonnes manières. Rien qu'un petit Curly, ce n'est pas un drame. Et ça te fera tellement plaisir ». Ma main droite est prise de tremblements et se soulève de quelques centimètres. Elle semble irrésistiblement attirée par les biscuits jaunes et soufflés.

Est-ce qu'on peut se faire hypnotiser par des gâteaux apéritifs ?

Au prix d'un effort surhumain, je reprends le contrôle de mon bras et le ramène sur mes genoux.

Ayant enfin réussi à détourner mon attention de la nourriture, je remarque que Marc semble inquiet. Une ride barre son front et il envoie des coups d'œil répétés en direction de l'entrée, dont nous parviennent des bruits de conversation étouffés. Je n'ai pas le temps de chercher à en savoir plus. Brigitte pénètre dans la pièce accompagnée d'une femme aux cheveux roux et à la peau claire, toute vêtue de noir. L'inconnue semble très à l'aise et éclate d'un rire strident en réponse à ce que vient de dire son interlocutrice, comme si elles étaient de vieilles amies. Pourtant, leur différence d'âge saute aux yeux. Je lui donne quarante-cinq ans, mais sa silhouette menue et sa petite taille la font peut-être paraître plus jeune qu'elle ne l'est en réalité. J'observe avec une pointe de jalousie le legging en cuir qui gaine ses jambes fines et le chemisier cintré qui met en valeur sa taille.

Moi, là-dedans, je ressemblerais à une chipolata.

— Marc ! Comme cela me fait plaisir de te voir !

La rousse se précipite vers mon homme, qui a à peine le temps de se lever qu'elle est déjà pendue à son cou. Mon sang ne fait qu'un tour. Qu'est-ce qu'elle lui veut, cette Catwoman de seconde zone ?

— B-bonjour Lucie, bredouille Marc.

À ma grande satisfaction, il se dégage de son étreinte et recule d'un pas. On est passé à un cheveu que je pète les genoux à tout le monde. Cela dit, j'aimerais bien savoir qui est cette gonzesse au look étrange. Je toussote pour me rappeler au bon souvenir de mon cher et tendre. Le résultat ne se fait pas attendre.

— Lucie, je te présente Camille Joubert, ma compagne.

Il accompagne sa déclaration d'un fabuleux sourire à mon intention, qui dévoile ses dents d'un blanc immaculé. On dirait un acteur hollywoodien.

Qu'est-ce qu'il est sexy !

En revanche, Catwoman, elle, ne sourit pas du tout. Au contraire, son visage s'est figé en une expression crispée. On dirait qu'elle a avalé une arête de poisson. Elle me fixe d'un regard glacial. Pendant une seconde, j'ai l'impression qu'elle va se jeter sur moi. Enfin, elle articule d'une voix sèche :

— J'ignorais que tu étais de nouveau en couple. Tes parents ne m'avaient rien dit.

Parce qu'on doit lui faire du reporting sur notre vie de couple, à cette conne ? Mais c'est qui, bon sang ?

Ma belle-mère lève les yeux au ciel.

— Que je suis étourdie ! J'ai été si absorbée par les préparatifs de Noël que j'ai oublié de t'annoncer la nouvelle, ma petite Lucie. N'est-ce pas formidable que notre Marc ait enfin retrouvé l'amour ?

Non, Lucie n'a pas l'air de trouver ça formidable du tout. Son cou est marbré de veines bleues et sa respiration, saccadée. Sans vouloir tomber dans le mélodrame, j'ai plutôt le sentiment que cette nouvelle la réjouit autant qu'une grève d'éboueurs en été. Néanmoins, elle se plaque un sourire crispé sur le visage et s'avance pour me faire la bise.

— Enchantée, Camille. Je suis Lucie. Je suppose que Marc t'a déjà parlé de moi.

Je fais mine de réfléchir un instant.

— Lucie… Non, désolée, ça ne me dit rien.

Mon interlocutrice déglutit avec difficulté. Elle semble sur le point d'exploser. Quant à moi, je masque avec peine ma jubilation. Mon chéri intervient avant le drame.

— Lucie est la fille des voisins de mes parents. On se croise de temps en temps quand je viens leur rendre visite.

L'explication ne me convainc pas. Pourquoi cette femme se comporte-t-elle de façon si hostile à mon égard si c'est une simple relation de voisinage ? Dans sa grande bonté, Catwoman ne tarde pas à éclairer ma lanterne.

— Enfin, tu oublies de préciser que nous avons été fiancés !

Ma mâchoire se décroche sous l'effet de la surprise. Je sais que Marc a une ex-femme prénommée Véronique. En revanche, il n'a jamais mentionné de fiançailles avec une Lucie. Je me tourne vers lui, curieuse d'obtenir plus de précisions. Ses lèvres sont entrouvertes et ses sourcils si arqués qu'ils semblent vouloir jaillir hors de son front. Il a l'air aussi estomaqué que moi.

— À moins que je ne souffre d'un Alzheimer précoce, je n'ai pas souvenir que nous ayons été fiancés, rectifie-t-il d'un ton ferme.

Lucie balaye son argument d'un geste de la main.

— Fiancés, en couple, tu appelles ça comme tu veux. Nous aurions de toute façon fini par nous marier si tu n'avais pas dû déménager à Paris pour tes études.

Marc éclate de rire.

— Tu vas vite en besogne ! Nous sommes sortis ensemble six mois !

Un énorme soulagement m'envahit et l'air afflue à nouveau dans mes poumons. Pendant un instant, j'ai craint de découvrir que l'homme que j'aime menait une double vie. Mon beau-père met fin à cette tragédie vaudevillesque.

— Maintenant que tout le monde se connaît, que diriez-vous de prendre enfin l'apéritif, avant que nos boissons ne se réchauffent ? Lucie, vous vous joignez à nous ?

— Avec plaisir, Edmond, roucoule l'intéressée en s'installant dans le canapé.

Cette nouvelle navrante a raison de ma détermination et j'enfourne une poignée de Curly en guise de consolation. Tant pis pour la politesse. Marc pose une main sur mon genou, sous le regard haineux de son ex. J'en profite pour rapprocher mon fauteuil du sien, histoire de marquer mon territoire, ce qui me vaut à mon tour les foudres oculaires de Catwoman.

— Vous assistez à la soirée du village, demain soir ? demande-t-elle soudain d'un ton mielleux. Mes parents seraient navrés de ne pas vous y voir.

Ma belle-mère secoue la tête.

— Non, je ne veux pas imposer ça à Marc et Camille. Ce genre de réception mondaine, lorsque l'on ne connaît personne, c'est rébarbatif.

— Oh, Marc a encore plein d'amis ici, s'exclame la peste aux cheveux orange d'une voix enjouée. Je suis certaine qu'ils seront ravis de le revoir.

— Sauf que Camille, elle, ne connaîtra personne, la coupe mon homme en resserrant sa main sur mon genou d'un geste protecteur. Hors de question de lui infliger une soirée aussi barbante.

Une bouffée de bonheur m'envahit. Nous sommes ensemble depuis huit mois et je n'en reviens toujours pas d'avoir rencontré un mec comme lui. Non content d'être sexy et charismatique, il est d'une gentillesse et d'une bienveillance à mon égard qui surpassent de loin tout ce que j'aurais pu rêver chez un homme. Avec lui, j'ai l'impression d'être une princesse. Aujourd'hui, il endosse une nouvelle fois son armure de preux chevalier pour me défendre face à l'affreuse sorcière rousse. Pas de chance, cette dernière a plus d'un tour dans son sac.

— Justement ! Ce sera l'occasion rêvée pour elle de rencontrer tes copains d'enfance. Quand on est amoureux, on est toujours pressé d'en apprendre plus sur le passé de l'autre et son entourage. Hein, Camille ?

Son piège se referme sur moi et me voilà prise dans sa toile tel un insecte. Si j'acquiesce, je me retrouve contrainte d'assister à cette sauterie, dont la simple perspective me donne envie de me jeter par la fenêtre. Vazalot est un patelin de cinq cents habitants, alors je m'attends au pire en matière de fête locale. Je m'imagine déambulant au milieu de tous ces inconnus, une coupe de mousseux bon marché à la main, sous les flonflons de l'accordéon et de l'orchestre local. Si je refuse, Marc et sa famille vont penser que je ne m'intéresse pas assez à lui pour daigner me mêler aux gens de son village natal. Je réalise que cinq paires d'yeux sont braquées sur moi, attendant mon verdict. Une boule d'angoisse se forme dans ma gorge, m'empêchant presque de respirer. Je prends une nouvelle fournée de gâteaux apéros afin de gagner du temps. Je mâchouille avec vigueur pour leur faire comprendre qu'il serait indécent de parler la bouche pleine. Je ressemble sans doute à une vache normande en train de brouter, mais tant pis pour mon sex-appeal. Je profite de ces secondes de répit pour cogiter à plein régime (oui, nous, les femmes, sommes capables de mâcher et de réfléchir en même temps !) et peser le pour et le contre.

En faveur du oui :

Je montre à Marc les sacrifices que je suis prête à accepter pour lui.

Cela lui fera plaisir de revoir ses camarades de jeunesse.

Je me fais bien voir de mes beaux-parents, qui adorent sûrement ce genre d'événements locaux.

En faveur du non :

Le moindre verre de mousseux me donne des maux de tête (alors que je peux boire trois litres de bières et péter la forme le lendemain. Allez comprendre).

Je déteste l'accordéon (dans ma vision des soirées campagnardes, il y a toujours un accordéon).

Je suis timide, ce qui a tendance à me faire enchaîner les gaffes.

Mon amour pour mon homme l'emporte sur mon crâne, mes oreilles et ma dignité.

— Je serai ravie de vous accompagner à cette soirée !

J'adopte le ton survolté d'un chauffeur de salle avant un concert. Je manque presque d'ajouter *hip hip hip hourra* à la fin de ma phrase. Je devine, à la lueur d'amusement qui traverse les yeux de Marc, que c'est *too much*. Mes talents d'actrice laissent à désirer.

— Quelle excellente nouvelle ! commente Brigitte en m'adressant un large sourire. Nous irons donc tous ensemble demain soir.

Sa joie me fait chaud au cœur. Mon sacrifice n'aura pas été vain. Malheureusement, ma satisfaction est de courte durée. Encore une fois, Lucie vient tout gâcher.

— Je te verrai là-bas alors, glousse-t-elle à l'attention de Marc. Ce sera comme au bon vieux temps, toi, moi et les potes.

— Sauf que…

Il n'a pas le temps de terminer. Elle se lève d'un bond et le coupe.

— Bon, je dois filer, mes parents m'attendent pour dîner. À demain !

Elle sort de la pièce en ondulant dans son legging en cuir. Malgré leurs trente ans d'écart, je surprends le regard appréciateur de Jules sur son anatomie. J'observe à la dérobée la réaction de mon chéri et constate, rassurée, qu'il semble absorbé par la contemplation du tapis persan. Je comprends à ses lèvres pincées et aux rides qui entourent ses yeux qu'il est préoccupé. Pendant que ses parents raccompagnent son ex, il m'emmène dans une pièce adjacente, dont les étagères garnies de centaines de livres laissent deviner qu'il s'agit de la bibliothèque.

— Je suis désolé pour le comportement de Lucie, m'explique-t-il une fois que nous sommes à l'abri des oreilles indiscrètes. J'aurais dû te prévenir avant notre arrivée. À ma décharge, je ne m'attendais pas à ce que ça ait pris une telle ampleur depuis la dernière fois que je l'ai vue.

Je me gratte la joue, perplexe. Son discours est bien mystérieux.

— Je ne te suis pas. Qu'est-ce qui a pris de l'ampleur ?

— Son béguin pour moi. Je crois que le mieux, c'est que je te raconte toute l'histoire. Comme tu l'as compris, nous nous connaissons depuis notre enfance. Sa famille a emménagé ici en 1977. J'avais alors huit ans et elle cinq. Au lycée, malgré notre différence d'âge, elle s'est amourachée de moi. De mon côté, je n'avais que faire de cette gamine encombrante qui me collait aux basques.

Les choses ont évolué lorsque j'étais à la fac. La fillette aux tresses et taches de rousseur s'est métamorphosée en une magnifique jeune femme à la chevelure flamboyante. Tous les mecs lui tournaient autour, pourtant elle n'avait d'yeux que pour moi. Cela flattait mon ego qu'une fille comme elle me drague, d'autant que mes potes crevaient de jalousie.

Il marque une pause et me prend la main.

— Heureusement que tu ne m'as pas connu à cette époque : j'étais un vrai petit con.

Les commissures de ses lèvres remontent en une expression malicieuse. Je lui plante un baiser sur la joue.

— Même con, je t'aurais aimé ! Allez, continue ton histoire, tes parents ne vont pas tarder à remarquer notre absence.

— J'ai continué à ignorer ses avances jusqu'à mon année de maîtrise. Là, j'ai rencontré une fille dont je suis tombé raide dingue amoureux. Pas de chance, elle était volage et elle m'a trompé avec un de mes copains. Alors, pour me venger et lui montrer que je m'en fichais, j'ai décidé de sortir avec Lucie. On est restés ensemble six mois. Ensuite, j'ai été admis en DEA à Paris. Elle était prête à abandonner ses propres études pour me suivre. C'était bien sûr hors de question. Je savais que je n'étais pas amoureux d'elle. Je n'allais pas la laisser gâcher son avenir pour moi. Je l'ai donc quittée et j'ai pris mes cliques et mes claques pour monter à la capitale.

J'ouvre des yeux éberlués.

— Tu ne vas quand même pas me dire qu'elle se meurt d'amour pour toi depuis vingt-cinq ans ?

Il laisse fuser un rire.

— Ce serait un peu excessif en effet. Mais les choses ont mis du temps avant de se calmer. Mes études et ma vie parisiennes m'occupaient beaucoup et pendant cinq ans, je ne suis revenu que très rarement à Vazalot. Elle, de son côté, habitait toujours là-bas. Après son DEUG de droit, elle a obtenu un poste d'employée de mairie dans une commune voisine. Je m'arrangeais pour qu'elle ignore tout de mes visites. J'avais même interdit à mes parents de lui donner mon numéro de téléphone. Ensuite, j'ai rencontré Véronique et il ne m'a pas paru nécessaire de continuer à jouer à l'homme invisible. J'étais marié, de l'eau avait coulé sous les ponts et j'étais persuadé qu'elle avait tourné la page de notre histoire. À l'occasion d'un séjour ici, nous sommes tombés sur elle par hasard au supermarché. Lorsque je lui ai présenté Véronique, j'ai bien cru qu'elle allait lui sauter à la gorge. J'ai dû les séparer avant qu'elles ne transforment le rayon fruits et légumes en ring de boxe.

Je ris de bon cœur en imaginant sa peste d'ex-femme en train de se battre avec la sorcière rousse. J'aurais donné cher pour voir la scène.

— Et après, que s'est-il passé ? dis-je, brûlant d'impatience de connaître la suite de l'histoire.

— Quelques semaines plus tard, elle s'est mise à sortir avec un type du bled d'à côté. C'était le caïd du lycée lorsque j'étais en terminal. Il avait régulièrement des ennuis avec la police. Vol à l'étalage, conduite en état d'ivresse, bagarres de rue… Pas un individu très fréquentable. Et le pire, c'est que d'après mes parents, il paraît qu'il la battait. Vu le personnage, ça ne m'étonnerait pas.

Je plaque une main sur ma bouche. Même si Lucie m'est aussi sympathique qu'une ampoule au pied dans une paire de Louboutin, j'ai de la peine pour elle.

— C'est affreux ! La pauvre.

Marc secoue la tête d'un air navré.

— Oui, d'autant plus affreux qu'elle est restée douze ans avec lui. Elle a fini par le quitter lorsqu'il a été incarcéré pour trafic de drogue.

— Tu crois qu'elle s'est jetée dans les bras de cette brute à cause de ton mariage ?

Même si mon homme est le plus exceptionnel au monde, il paraîtrait aberrant qu'une femme puisse en arriver à de telles extrémités par amour pour lui. Malgré tout, elle est peut-être plus cinglée que je ne le pense.

— En toute honnêteté, je ne sais pas. Cela m'a traversé l'esprit, vu que c'est arrivé peu de temps après la rencontre au supermarché. En tout cas, une fois qu'elle a été en couple, je n'ai plus entendu parler d'elle. Jusqu'à mon divorce.

Il laisse passer un silence et ébouriffe ses cheveux poivre et sel avant de poursuivre.

— Dès qu'elle a appris que j'étais de nouveau célibataire, elle a commencé à se pointer chez mes parents à chacune de mes visites. Elle avait le champ libre puisque le taré avec qui elle vivait était en tôle. D'ailleurs, elle l'a largué juste après. Et j'avoue qu'après les terribles années qu'elle venait de vivre, je n'avais pas le cœur de l'envoyer balader. Elle est timbrée, comme fille, mais pas méchante. Alors, je jonglais en permanence pour tenter de maintenir des relations ni trop cordiales, pour qu'elle ne se fasse pas des idées, ni trop sèches, pour ne pas lui faire de peine.

Une bouffée de tendresse m'envahit. Marc a un cœur énorme. Il n'y a que lui pour parvenir à faire preuve d'empathie envers une folle qui le harcèle depuis vingt-cinq ans. Je décide de prendre exemple sur sa générosité et sa gentillesse pour m'améliorer. Je dois faire preuve de plus d'altruisme envers mon prochain. À commencer par cette pétasse de Lucie, même si j'ai envie de lui péter les genoux à coups de barre à mine à chaque fois qu'elle s'approche de lui.

OK, Camille, déjà tu peux arrêter de la traiter de pétasse et de vouloir lui péter les genoux à tout bout de champ, car question altruisme, on a fait mieux.

La voix de Brigitte Postant résonne à travers la porte.

— Marc, Camille, où êtes-vous ?

Marc m'attrape la main et m'entraîne vers le salon.

— Je crois qu'il vaut mieux rejoindre les autres avant que ma mère n'ameute tout le quartier.

3

Le dîner est servi dans une gigantesque salle à manger aux murs tapissés de velours bordeaux. La table en chêne massif ornée d'une nappe brodée beige pourrait accueillir au moins vingt convives. Pour éviter de nous sentir perdus au milieu de ce gigantesque meuble, le couvert a été dressé sur la moitié gauche de la table. Edmond prend place à l'extrémité tandis que Marc et moi nous installons d'un côté et Brigitte et Jules de l'autre.

Contrairement à la mienne, la mère de Marc est un véritable cordon-bleu. En entrée, elle nous a concocté des millefeuilles de foie gras à la poire et au pain d'épices. J'engloutis le mien en moins de vingt secondes, ce qui déclenche un commentaire moqueur de Jules.

— T'as pas bouffé depuis une semaine, ou quoi ?

— Jules, surveille ton langage, s'il te plaît, grogne son grand-père avec un claquement de langue irrité.

Le jeune homme pousse un soupir agacé et reprend d'un ton pompeux.

— Mademoiselle Camille, se pourrait-il que vous n'eussiez pas eu la possibilité de vous sustenter durant les sept derniers jours ?

Malgré moi, je pouffe de rire, ce qui me vaut à mon tour une remontrance de mon beau-père.

— Je vous en prie, ne l'encouragez pas. C'est déjà assez difficile comme ça de lui donner un minimum d'éducation.

Mes joues virent au cramoisi. Je ne suis ici que depuis deux heures et j'irrite déjà ma belle-famille. Heureusement, Marc vient à ma rescousse.

— Allons, papa, il n'y a pas de quoi s'énerver. Camille n'y est pour rien si tu ne supportes pas la façon de parler de ton petit-fils. Et au demeurant, il n'a plus cinq ans, tu devrais lui lâcher les baskets.

Son neveu et moi lui adressons de concert un sourire reconnaissant. Il est toujours là pour sauver la situation. En revanche, Edmond ne semble pas apprécier de se d'être sermonné par son aîné. Ses lèvres sont si pincées qu'on les distingue à peine. Brigitte, sans doute habituée aux querelles familiales, fait diversion avant que la situation ne dégénère.

— Puisque tout le monde a terminé, passons au plat principal. C'est une nouvelle recette. J'espère qu'elle vous plaira.

En belle-fille serviable, je me lève pour l'aider à desservir les assiettes. Marc m'imite, mais sa mère lui ordonne de se rasseoir. Me retrouver seule avec elle dans la cuisine me rend nerveuse et mes mains sont agitées de tremblements.

— Ces derniers temps, Jules et son papi s'entendent comme chien et chat, alors je préfère éviter de les laisser en tête à tête, m'informe Brigitte en remplissant le lave-vaisselle.

Je suis rassurée par cette explication car j'avais craint un instant qu'elle ne soit le genre de femme à considérer son fils comme trop précieux pour participer aux tâches ménagères. Si elle savait qu'à la maison, c'est toujours Marc qui se met aux fourneaux ! Comme si elle avait lu dans mes pensées, elle enchaîne.

— Alors, Camille, vous aimez cuisiner ?

— Heu, oui, absolument.

— C'est formidable. Quelle est votre spécialité ?

Le plat que je cuisine le mieux, c'est Picard surgelé. Difficile de lui répondre ça. J'invente le premier truc qui me passe par la tête.

— Le tiramisu au chocolat.

— Ah oui ? Ça tombe bien, j'adore ce dessert ! Je serais ravie de goûter le vôtre. Et si vous nous en concoctiez un pour le repas de demain midi ?

Sous l'effet de la panique, l'assiette que je tiens m'échappe des mains et se brise sur le carrelage marron. Je m'excuse d'une voix trop haut perchée.

— Merde ! Je suis désolée !

Ma belle-mère se précipite pour ramasser les morceaux.

— Ce n'est rien, rassurez-vous. J'en ai plein d'autres. C'est le service de table que ma mère a eu pour son mariage. À l'époque, on ne faisait pas les choses à moitié, chaque pièce est en dix-huit exemplaires.

Super, j'ai donc cassé un héritage familial.

Continue comme ça, Camille, ton intégration est en bonne voie.

En me maudissant de ma maladresse légendaire, je m'accroupis pour l'aider à récupérer les derniers débris. Alerté par le bruit, Marc fait irruption dans la cuisine.

Le claquement de la porte s'ouvrant à la volée dans mon dos me fait sursauter et je referme la main sur le bout de porcelaine que je tiens.

— Aïe !

Une profonde entaille vient de se former sur mon pouce et une grosse goutte de sang s'écrase sur mon pantalon gris. La tache rouge s'étale sur le tissu tel un dessin à l'encre de chine. Je sens mes yeux s'embuer et je ne saurais dire si cette réaction est provoquée par la douleur de la coupure ou par la honte d'enchaîner ainsi les gaffes.

Je cligne des paupières pour ravaler mes larmes et me relève avec le plus de dignité possible compte tenu des circonstances. Mon chéri accourt auprès de moi et examine mon doigt blessé.

— La plaie est superficielle, mais comme ça saigne beaucoup, il vaudrait mieux mettre un pansement.

Sa mère s'approche et jette un coup d'œil à son tour. Elle acquiesce au diagnostic de son fils.

— J'ai des sparadraps et du désinfectant dans l'armoire à pharmacie. Accompagne Camille, je m'occupe de nettoyer les dégâts.

Si j'en avais le pouvoir, je me serais volontiers téléportée jusqu'à la salle de bains, histoire de mettre un terme rapide et discret à mon humiliation. Malheureusement, je ne suis pas dans *Ma Sorcière bien-aimée* et nous sommes obligés de retraverser la salle à manger. Je serre un mouchoir en papier autour de mon doigt pour arrêter le saignement. J'adresse une prière muette à mon ange gardien afin que nous passions inaperçus. Je n'ai aucune envie de devoir révéler à tout le monde à quel point je suis maladroite.

— Que s'est-il passé ? nous interroge mon beau-père en fronçant les sourcils.

Mon ange gardien doit être parti en vacances de Noël. On ne peut vraiment compter sur personne. Tête baissée, je bredouille une explication.

— J'ai fait tomber une assiette et je me suis coupée en ramassant les morceaux.

Jules ouvre des yeux aussi ronds que ses lunettes et s'exclame d'un ton incrédule :

— T'as pété le service en porcelaine de mémé Huguette ? P'tain, si c'était moi qui avais fait cette erreur, je me serais fait défoncer par mes vieux !

— Jules ! hurlent en chœur Marc et son père, le premier pour prendre ma défense et le second, mécontent de se voir son petit-fils s'exprimer ainsi.

Mes épaules s'affaissent. Brigitte a été adorable de minimiser l'ampleur de ma bévue. La vérité sort de la bouche des enfants (même si, dans le cas présent, l'enfant en question a du poil au menton et mesure un mètre quatre-vingt-dix) : j'ai brisé un patrimoine familial de grande valeur. Mes joues s'empourprent à cette idée.

— Je, heu, je suis tellement désolée…

Je ne sais pas quoi dire d'autre. Je suis impardonnable. Tout le monde va me détester. Et mon chéri doit être mort de honte d'imposer à sa famille un boulet comme moi. Contre toute attente, le visage de mon beau-père se fend d'un large sourire.

— Ne vous excusez pas, ma chère. J'ai toujours exécré ces assiettes. Ma belle-mère avait des goûts épouvantables en matière de décoration. Si vous pouviez briser les dix-sept autres, je vous en serais infiniment reconnaissant.

Il ponctue sa déclaration d'un clin d'œil qui dessine un réseau de rides sur sa tempe. J'esquisse un faible sourire.

— Moi aussi, d'ailleurs, chuchote Marc à mon oreille. Cela fait cinquante ans que ma mère nous inflige cet affreux service de table à chaque grande occasion. Toutes ces fleurs aux couleurs délavées finissent par me donner des cauchemars.

Cette fois-ci, je ris plus franchement. Je lui attrape le bras de ma main valide et me presse contre lui.

Une fois dans la salle de bains, il s'occupe de moi tel un professionnel de la santé et ne râle même pas lorsque je couine parce que le désinfectant pique. Je ressors de là avec un magnifique pansement autour du pouce. Nous rejoignons sa famille dans la salle à manger. Pendant notre absence, sa mère a servi le plat principal, un navarin de lotte aux morilles et vin jaune, et la pièce embaume d'un parfum alléchant. Nous ne sommes que le 22 décembre : je n'ose pas imaginer ce qu'elle va nous concocter pour le dîner du réveillon. Et dire que j'ai été assez stupide pour prétendre savoir cuisiner. Espérons qu'elle aura oublié d'ici demain sa suggestion que je prépare mon « fameux » tiramisu au chocolat, car je n'ai pas le quart du début d'une idée de la recette. Ma plus grande prouesse culinaire en termes de dessert consiste à faire réchauffer la galette des rois en janvier. Et encore, il m'arrive de la brûler. Alors, réaliser de mes mains un plat aussi compliqué que ce gâteau italien…

Par chance, le reste du repas se poursuit sans nouvelle gaffe de ma part et sans allusion à mes compétences culinaires. Je suis presque ravie que mon beau-père nous inflige un résumé approfondi des quatre cent trente-sept pages de la biographie de Spinoza qu'il est en train de lire. Mieux vaut se coltiner cette conversation soporifique plutôt que de me faire une nouvelle fois remarquer.

Une fois la table desservie (toute la famille m'a suppliée de rester assise et de ne m'occuper de rien, de crainte sans doute que je ne provoque une nouvelle catastrophe), Brigitte nous propose de faire un bridge. En effet, mes beaux-parents sont de grands fans de ce jeu. Marc lui-même le pratique depuis son plus jeune âge. C'est d'ailleurs l'occasion pour ma mère, elle-même passionnée par cette discipline, de se lancer dans des conversations interminables avec lui. Me concernant, à part la bataille et le pouilleux massacreur auxquels je m'adonnais assidûment en classe de quatrième, je suis nulle aux cartes. Je me désintéresse toujours des récits de ma mère sur ses tournois. Enfin, jusqu'à ce que je me mette en couple avec mon boss. D'habitude, je ne suis pas du genre à adhérer aux hobbys de mes petits amis, *a fortiori* lorsqu'ils sont aussi compliqués que le bridge. Toutefois, lorsque j'ai appris que Véronique, son ex, s'y était mise pour lui faire plaisir et qu'ils jouaient tous les quatre avec ses parents à chacune de leurs visites à Vazalot, la jalousie a commencé à me travailler. J'avais envie de lui prouver que moi aussi, j'étais capable d'apprendre les règles et de passer une heure à enchaîner les parties endiablées (enfin, ennuyeuses plutôt) avec Brigitte et Edmond. Alors, dans le plus grand secret, j'ai acheté le mois dernier un manuel de bridge. Comme je disposais de peu de temps et que la perspective de me taper quatre cents pages de règles du jeu ne m'enthousiasmait pas, j'ai jeté mon dévolu sur *Les Bases du bridge pour les enfants*, un ouvrage d'une épaisseur raisonnable comparé à ses volumineux concurrents du rayon loisir de la Fnac de Perclin. OK, je n'ai plus douze ans. Mais le jeu reste le même, qu'on porte encore des couettes ou qu'on se balade en déambulateur. Et puis, en vingt-trois pages, je dois bien être capable d'acquérir les fondamentaux. Évidemment, entre les courses de Noël et mes soirées bien remplies (TF1 a diffusé en exclusivité la quatrième saison d'*Enfer aux urgences*), j'ai eu moins de temps que je ne l'aurais souhaité pour potasser. Néanmoins, j'ai appris plein de trucs : comment faire des enchères, la hiérarchie des couleurs, l'ouverture en majeur, les levées. Bref, je me sens parée pour un tournoi familial !

Alors que Marc décline la proposition de sa mère et lui explique que je ne pratique pas le bridge, je le coupe d'un ton guilleret.

— Au contraire, je serais ravie de disputer une partie !

Il se tourne vers moi et me dévisage. On pourrait presque distinguer les points d'interrogation au fond de ses prunelles noisette.

— Je croyais que tu ne savais pas jouer.

— En effet, mais depuis, j'ai appris. Je voulais te faire une surprise.

Je guette sa réaction, comme une gamine qui vient d'annoncer à ses parents qu'elle a eu un A en dictée. Le résultat ne se fait pas attendre. Deux fossettes se creusent sur ses joues et son visage s'éclaire d'un sourire à faire pâlir d'envie une star hollywoodienne.

— C'est adorable de ta part !

Il m'enlace tendrement et me pose un baiser dans le

cou. Je lui sauterais volontiers dessus pour des étreintes moins chastes, toutefois, avec sa famille qui observe la scène, c'est délicat. Je me contente donc de l'embrasser sur la joue.

— Quelle excellente nouvelle, proclame Brigitte d'une voix ravie. Allons nous installer dans la bibliothèque, ce sera plus confortable. Tu viens, Edmond ?

Un quart d'heure plus tard, attablée face à Marc, mon partenaire, je passe en revue mes treize cartes. Ma belle-mère est assise à ma droite et son mari à ma gauche. C'est à moi de parler et tous les regards sont braqués sur moi. La partie se présente bien : j'ai du jeu et je sais déjà ce que je vais annoncer comme enchère.

— Un cœur, dis-je, en posant mon jeu face cachée devant moi, comme j'ai vu les joueurs de poker le faire au cinéma.

Je me remémore ce que j'ai appris : mon partenaire doit me répondre deux cœurs et ensuite je dirai quatre cœurs pour conclure les enchères (*Les Bases du bridge pour les enfants*, page 3). En définitive, ce n'est pas si compliqué que ça. Pas la peine de lire quatre cents pages sur le sujet.

— Deux carreaux.

La voix de Marc me tire de mes pensées.

Comment, ça deux carreaux ? J'ai dû mal comprendre.

— Tu peux répéter, s'il te plaît ?

— J'ai dit deux carreaux.

— Ah.

Donc j'avais bien entendu. Pourtant, j'ai annoncé du cœur. Ce n'est pas possible, il a dû se tromper. Je l'interroge à nouveau, pour en avoir le cœur net.

— Tu es sûr ?

Une lueur s'allume dans ses yeux.

— Affirmatif.

Un vent de panique s'empare de moi. Ça ne se passe pas du tout comme dans mon bouquin. Je regarde mon jeu, puis Marc, puis à nouveau mon jeu.

— Alors, Camille ? s'impatiente ma belle-mère.

Il faut que je me tire de ce mauvais pas. En désespoir de cause, je jaillis de ma chaise et me précipite vers mon smartphone, posé sur la bibliothèque.

— Je crois que mon téléphone a vibré, ça doit être ma mère, il faut que je réponde !

Sous le regard médusé de mes compagnons de jeu, je me précipite hors de la pièce comme si le diable était à mes trousses. Je traverse le salon, le hall d'entrée et poursuis mon chemin au pas de course jusqu'à la cuisine. Autant mettre de la distance entre moi et le danger. Je m'affale sur une chaise en formica jaune et pianote sur le clavier de mon iPhone « réponses aux enchères de bridge ». Des dizaines de liens s'affichent à l'écran. Pleine d'espoir, je consulte la première réponse. Je déroule les pages avec mon doigt. Une, deux, trois, six, dix… Cela n'en finit pas. Au fur et à mesure que le contenu défile, mon stress augmente. Comment vais-je parvenir à lire autant de choses en cinq minutes ? Je ne peux tout de même pas m'absenter une heure. J'attaque résolument ma lecture. On ne sait jamais, peut-être que la réponse à mon problème se trouve au début.

« L'ouverture de 1 à la couleur est une ouverture très imprécise… blablabla… Dès que le répondant a le fit, il doit l'annoncer… blablabla… Avec des mains régulières et en l'absence de fit dans la couleur de l'ouvreur blablabla. »

Je me laisse tomber sur la table et enfouis ma tête dans mes mains. C'est du charabia. Je n'y arriverai jamais. Les larmes roulent sur mes joues sans que je puisse les arrêter.

Qu'est-ce qui m'a pris, de prétendre que je savais jouer au bridge !

Le bruit de la porte de la cuisine s'ouvrant à la volée me fait sursauter. Je me redresse et découvre Jules, qui m'observe d'un air stupéfait.

— Bah qu'est-ce que tu fous là, à chialer toute seule ?

Avant que j'aie eu le temps de trouver une excuse valable, il se saisit de mon téléphone, qui trône devant moi. Il balaye l'écran avec son index. Ses sourcils se froncent.

— Tu lis des trucs sur le bridge ? C'est ça qui te met dans cet état ?

Je renifle et essuie mon nez dans un mouchoir en papier qui traîne au fond de ma poche. Je suis grillée. Il va répéter à ses grands-parents et à son oncle que je ne suis qu'un imposteur. Foutu pour foutu, autant avouer la vérité.

— Oui. Je pensais être capable de jouer une partie, j'avais appris les règles avant de venir. Et au final, je suis paumée dès la deuxième enchère. Je vais devoir révéler à Marc que je suis trop nulle pour comprendre ce jeu.

Je ponctue ma déclaration d'un nouveau reniflement. Jules plisse le nez avec l'air du type qui essaye de résoudre une énigme.

— J'ai trouvé ! s'exclame-t-il soudain d'un ton euphorique.

— Tu as trouvé quoi ?

— Comment régler ton problème.

J'ignore ce qu'il a derrière la tête, mais son enthousiasme est contagieux. Une vague d'espérance me traverse. Je me penche vers lui, impatiente qu'il m'expose son plan.

— Dis-moi tout !

— Je vais te souffler les bonnes réponses.

Son visage affiche une expression satisfaite. Pourtant, je ne suis pas convaincue.

— Heu, on ne parle pas de m'aider à un contrôle de maths, là, Jules. Tu ne peux pas t'installer à côté de moi et me chuchoter ce que je dois faire.

Il émet un rire bref.

— Pffff, t'as pas pigé. On va instaurer un code.

— Un code ?

Je me gratte le crâne. Où ce gamin va-t-il chercher tout ça ? Il a lu trop de romans d'espionnage. Indifférent à mon scepticisme, il poursuit ses explications.

— Oui, un code secret. Par exemple, si je tousse, ça veut dire que tu dois jouer ou annoncer pique. Si j'éternue, c'est du cœur. Pour le carreau, je me mouche. Et pour le trèfle, je sifflote.

J'ouvre la bouche, puis la referme. C'est complètement tordu, même pour moi. D'un autre côté, je n'ai pas dix mille possibilités pour me sortir du pétrin dans lequel je me suis fourrée. Face à mon hésitation, le jeune homme insiste :

— T'inquiète, ça va marcher comme sur des roulettes, papi et mamie n'y verront que du feu.

Sa stratégie me semble trop simple. Je cherche la faille dans son plan.

— Et comment feras-tu pour connaître mon jeu ?

— Facile. Je m'installerai sur le canapé. De là, j'aurai une vue parfaite sur tes cartes. Il te suffira de les lever un peu.

— Et pourquoi prendrais-tu ce risque pour moi ? S'ils découvrent le pot aux roses, tu vas te faire engueuler.

Il hausse les épaules.

— Ce ne sera pas la première fois, j'ai l'habitude. Et l'idée de leur jouer un tour, j'adore !

Son visage se fend d'un large sourire. Il contourne la table et me prend la main pour m'inciter à me lever.

— Allez ! Tu ne vas pas rester planquée là toute la soirée.

Il a raison, je n'ai pas trop le choix. Je dois retourner affronter la situation. À contrecœur, je le suis. Arrivés devant la porte de la bibliothèque, il me murmure :

— Tu rentres la première et je t'emboîte le pas d'ici une minute. N'oublie pas d'incliner ton jeu pour que je puisse l'apercevoir.

J'ai les jambes qui flageolent, pourtant ce n'est pas le moment de flancher. Je prends une grande respiration et pousse la porte en bois blanc. Je m'efforce de regagner ma chaise d'une démarche assurée.

— Désolée pour cette interruption. Ma mère a toujours le chic pour me téléphoner au pire instant.

Aujourd'hui, c'est un mensonge. Pour toutes les fois où elle m'a dérangée sans aucun scrupule sous un prétexte bidon, ce n'est que justice. D'ailleurs, même Marc ne cille pas à mon affirmation.

— Alors, Camille, c'était à vous de parler. Marc avait annoncé deux carreaux. Que répondez-vous ?

— Il faut que je jette un œil sur mon jeu. Avec tout ça, j'ai oublié ce que j'avais.

Je déploie mes cartes en prenant garde de les éloigner les unes des autres et de les tenir en hauteur, afin de donner la meilleure vue possible à Jules, qui s'est assis comme prévu dans mon dos, sur le canapé. Dix secondes s'écoulent et rien ne se passe. Ma belle-mère s'impatiente.

— Et bien, quelle est votre annonce ?

Une boule d'angoisse se forme dans ma gorge. Mon allié s'est dégonflé, retour à la case départ. Je vais devoir avouer la vérité : je suis une quiche qui ne sait pas jouer au bridge. J'ouvre la bouche pour me confesser, quand deux violents éternuements retentissent derrière moi. Je ne peux retenir un sourire euphorique en déclarant « deux cœurs ».

Une fois les enchères terminées, il me reste encore à affronter le jeu de la carte. Les trois premiers tours, je me contente de fournir la couleur demandée par mes adversaires (*Les Bases du bridge pour les enfants*, page 5), ce qui me facilite la tâche. Toutefois, quand survient le moment tant redouté de jouer la première, cela se complique. Je n'ai pas la moindre idée de la carte à poser. Heureusement, mon complice est là pour me sauver la mise. Il part dans une violente quinte de toux et j'abats sans hésitation le roi de pique. Il poursuit en se mouchant comme un éléphant qui aurait chopé un rhume des foins et je place fièrement un carreau.

— Tout va bien, Jules ? s'enquiert Brigitte en haussant un sourcil inquiet. Tu n'es pas en train de tomber malade au moins ?

— Nan, ça doit être une réaction allergique, c'est bourré de poussière dans cette baraque, marmonne l'intéressé avec un reniflement plus vrai que nature.

Sa grand-mère le foudroie du regard. Critiquer son ménage n'était pas forcément la meilleure repartie. En revanche, son excuse est crédible et lui permet d'enchaîner éternuements, toux et mouchage aux tours suivants sans éveiller les soupçons. Néanmoins, lorsqu'un sifflement aigu résonne dans mon dos, mon beau-père se retourne vers son petit-fils d'un air excédé.

— Que tu émettes les sons d'un tuberculeux à l'agonie, passe encore. En revanche, que tu siffles comme un ouvrier sur un chantier, c'est insupportable ! Tu ne vas pas me dire que c'est une allergie à la poussière, cette fois-ci ?

Je me ratatine sur ma chaise. Quelle idée j'ai eu de suivre Jules dans ce plan tordu ! Je me suis laissée convaincre par son enthousiasme et par ma crainte de me ridiculiser face à mes beaux-parents. Cela n'a fait qu'empirer la situation, car si le pot aux roses est découvert, ma honte sera bien pire ! J'aurais mieux fait de leur confesser dès le début que je ne savais pas jouer au bridge. Comme si cela ne suffisait pas, Brigitte enfonce le clou.

— Papi a raison. Qu'est-ce qui t'arrive, encore ?

Je fixe mes genoux et n'ose même plus respirer.

— Je suis certain qu'il sifflait d'admiration face à Camille. Sa maîtrise des enchères et du jeu de la carte est impressionnante. On a du mal à croire que c'est la première fois qu'elle joue.

C'est le timbre chaud de la voix de Marc. Je relève la tête, stupéfaite, et scrute son visage pour tenter de déceler s'il est sérieux. Il m'adresse un clin d'œil complice.

OK, je suis grillée.

Une vague de soulagement me traverse le corps et

je m'autorise enfin à respirer normalement. Je déteste mentir. Et ce que je déteste encore plus que mentir, c'est mentir à Marc. Alors, c'est une délivrance de savoir qu'il est au courant. Et contre toute attente, il ne semble pas fâché. Le coin de ses lèvres est retroussé, ce qui creuse deux fossettes sur ses joues. J'esquisse un sourire timide. À ma grande surprise, Edmond acquiesce à ce que vient de dire son aîné.

— Je vous félicite, mon petit. Pour une débutante, vous vous en tirez à merveille.

Mes joues rosissent et je ne saurais dire si c'est l'effet du compliment ou de la culpabilité. Il poursuit à l'attention de son petit-fils :

— Quant à toi, si tu allais plutôt écouter ta musique de sauvage dans ta chambre, au lieu de perturber notre partie ?

C'est une question rhétorique. Son ton impérieux ne laisse pas place à la discussion. Jules se lève et murmure « désolé » au passage. Je suis la seule, avec Marc, à comprendre que cette excuse m'est destinée. À partir de maintenant, je suis livrée à moi-même.

Je contemple mes trois dernières cartes, perplexes. Trèfle, carreau ou pique ? Les secondes s'écoulent sans que je parvienne à me décider. Encore une fois, Marc vole à mon secours.

— Je crois que le sifflement de Jules t'a perturbée.

Il insiste sur le mot sifflement. Ça fait tilt dans ma tête. Avec la diversion qui a suivi, j'ai failli oublier le code mis au point avec l'adolescent. J'abats un trèfle, tout en envoyant un discret baiser du bout des lèvres à mon sauveur.

OK, plus que deux.

J'adopte une méthode scientifique pour faire le choix suivant, qui a su faire ses preuves même lorsqu'il s'agissait de choisir mon sujet d'anglais au bac.

Am-stram-gram, pic et pic et collégram...

Je m'en remets au sort et abats donc mon carreau. Je devine à la tête que tire Brigitte que ce n'était pas le bon choix. J'aurais peut-être dû tenter avec la comptine de la vache qui pisse dans le tonneau.

Sans surprise, j'ai perdu la partie de bridge. Néanmoins, j'ai le cœur léger. Ma prestation n'était pas si catastrophique que ça et comme je n'ai pas gagné, je culpabilise moins d'avoir dupé la famille de Marc. Mais je lui ai fait promettre de me donner des cours dès que nous serions rentrés à la maison. La prochaine fois que nous rendrons visite à sa famille, je compte bien prendre ma revanche, et sans tricherie cette fois-ci !

4

Assise dans la véranda, je bouquine en sirotant un café, confortablement installée sur les coussins moelleux d'un fauteuil en osier. Sur mes genoux, un plaid en fourrure toute douce me protège de la température un peu fraîche. J'aurais eu plus chaud dans le salon, pourtant je n'ai pas pu résister à la vue sur le jardin enneigé. En effet, il tombe de gros flocons depuis hier soir et ce matin, la campagne ressemble à une station de sport d'hiver. Dans le jardin voisin, un garçon d'une dizaine d'années et une fillette haute comme trois pommes, emmitouflés jusqu'aux oreilles dans leurs combinaisons de ski, construisent un bonhomme de neige. Le résultat ressemble plus à un monticule blanc qu'à un personnage, mais leur enthousiasme face à leur œuvre m'arrache un sourire.

Un bruit de moteur me tire de mes pensées. Une grosse berline grise s'engage dans l'allée du garage, souillant au passage la blancheur immaculée des flocons qui recouvrent le sol. Les parents de Marc sont de retour des courses. Je me lève pour aller les aider à vider leurs achats.

— Et voilà, c'est le dernier, annonce Brigitte en posant un sac plein à craquer sur la table de la cuisine, tandis que nous rangeons les tonnes de victuailles qu'ils ont rapportées.

Je murmure à l'oreille de Marc, en désignant les trois énormes cabas qui attendent encore que l'on s'occupe d'eux :

— On est parés pour l'apocalypse. Si une attaque zombie est imminente, on peut se terrer des mois en attendant les secours militaires.

Il se mord les lèvres pour masquer son hilarité.

— On a de quoi tenir un siège, maman. Pourquoi as-tu acheté autant de choses ?

— Avec ce temps, on n'est jamais trop prudent ! rétorque cette dernière d'un ton sans appel. L'hiver dernier, j'ai eu l'idée saugrenue de laisser ton père s'occuper des courses alors que la météo annonçait un épisode neigeux. Résultat, il n'avait pas prévu assez de stock. Je me demande d'ailleurs bien ce qui m'est passé par la tête de lui confier une tâche pareille. Bref, nous avons passé trois jours bloqués à la maison à cause de la neige, alors que nous n'avions plus de café. Et tu sais dans quel état je suis lorsque je suis privée de ma dose de caféine…

Marc laisse échapper un rire bref et des rides d'expression chaleureuses apparaissent sur ses tempes.

— Et ça aussi, c'était indispensable pour résister à la météo ? commente-t-il d'une voix amusée en sortant du sac une boîte de mascarpone et des biscuits à la cuillère.

— C'est pour Camille.

— Pour moi ?

Je me gratte la tête, perplexe. Pourquoi diable ma belle-mère m'a-t-elle rapporté du mascarpone et des biscuits à la cuillère ?

— Oui, pour votre fameux tiramisu au chocolat.

Merde ! J'avais fini par oublier cette histoire de tiramisu. Malheureusement, pas elle. Je me maudis en silence.

Qu'est-ce qui m'est passé par la tête d'aller inventer un truc pareil ?

À côté de moi, Marc explose de rire.

— Son fameux tiramisu au chocolat ? hoquète-t-il entre deux spasmes.

Je fronce les sourcils, vexée.

— Oui, bon bah ça va, pas la peine de te marrer comme une baleine. Je ne vois pas ce qu'il y a de drôle d'ailleurs, grogné-je à son intention.

Il se passe la main dans les cheveux et tente de retrouver son sérieux.

— C'est juste que j'ignorais que tu étais une experte du tiramisu au chocolat. Jusqu'à présent, les plats que tu m'as cuisinés sortaient plutôt de chez Pic… Aouch !

Je lui balance un coup de coude dans les côtes avant qu'il ne révèle au grand jour que je possède une carte fidélité « Platinium » chez Picard. Je fréquente si souvent le magasin situé dans ma rue que les caissières m'appellent par mon prénom. Le mois dernier, j'ai attrapé une grippe qui m'a clouée au lit. Le gérant du magasin est venu frapper à ma porte au bout de trois jours car il s'inquiétait de ne plus me voir et craignait qu'il ne me soit arrivé quelque chose.

— Vous n'avez jamais fait goûter à mon fils votre spécialité ? s'étonne ma belle-mère, les yeux écarquillés. Comme c'est dommage, il raffole de ce dessert.

— Oui, comme c'est dommage, ma chérie. J'adorerais déguster un tiramisu cuisiné par toi, insiste ce traître de

Marc en reculant prudemment pour s'éviter un nouveau coup de coude.

Je le foudroie du regard, il ne perd rien pour attendre ! Je susurre d'une petite voix hypocrite :

— C'est parce que je m'inquiète pour ta ligne. Tu as une telle tendance à l'embonpoint. Sans parler de ta glycémie capricieuse et de ton cholestérol.

Je visualise les abdominaux sculptés comme des tablettes de chocolat qu'il entretient trois fois par semaine à la salle de sport et un soupçon de culpabilité me contracte le ventre. À moins que ce ne soit un tiraillement de désir provoqué par l'image de son torse parfait.

Brigitte détaille son fils de la tête aux pieds.

— C'est vrai que tu as grossi ces derniers temps, mon chéri. Camille a raison, tu dois surveiller ton alimentation. Pas de frites pour toi ce midi, je vais te préparer des haricots verts.

Le visage de Marc se plisse en une grimace outrée. Il proteste avec véhémence.

— Quoi ? Mais pas du tout ! Je n'ai pas pris un gramme ! Même mon médecin dit que j'ai une silhouette de jeune homme.

Je secoue la tête d'un air navré et lance à l'attention de ma belle-mère d'un ton complice :

— Ah les hommes. Qu'est-ce qu'ils ne feraient pas pour des frites. Leur gourmandise les perdra.

— Heureusement que vous êtes là pour veiller sur mon fils, roucoule Brigitte, subjuguée par mon interprétation de la belle-fille parfaite.

Il est temps d'abattre ma dernière carte.

— Du coup, pas la peine que je cuisine un tiramisu, ce serait mauvais pour la santé de Marc.

Elle hausse les sourcils et se frotte le menton. Je sens qu'elle hésite. Pour faire basculer la balance de mon côté, je m'apprête à lui proposer de préparer une salade de fruits. Couper des pommes, des bananes et des oranges, c'est à ma portée. J'arbore mon sourire à cent mille dollars, celui avec lequel on me donne le bon Dieu sans confession.

— À la place…

Je n'ai pas le temps d'aller plus loin. Mon cher et tendre me coupe la parole.

— Je ne vais pas priver toute la famille d'un délicieux dessert. Cuisine ton tiramisu, je vous promets que je n'en mangerai pas.

Une lueur taquine brille dans ses yeux brun noisette et il m'adresse un clin d'œil. Si à cet instant, je ne le détestais pas autant, je me jetterais sur lui tant il est sexy lorsqu'il a ce regard espiègle.

Le visage de Brigitte se fend d'un large sourire.

— Parfait ! C'est réglé. Nous aurons donc du tiramisu. Camille, la cuisine est tout à vous.

Elle quitte la pièce, me laissant seule avec Marc. J'attends que la porte se soit refermée avant d'exploser.

— Tu es un monstre ! Pourquoi m'as-tu jetée dans la gueule du loup ?

Il rit, dévoilant sa dentition parfaite.

— Ce n'est pas moi qui suis allé me vanter d'être la star du tiramisu.

Je fronce le nez. Je sais qu'il a raison. Je me suis fourrée dans ce pétrin toute seule. Néanmoins je ne suis pas prête à l'admettre pour l'instant. J'étais à deux doigts de me sortir de ce mauvais pas et il a tout fait rater. Sans lui, j'en aurais été quitte pour une salade de fruits.

De la rigolade, à côté de ce gâteau italien. Je ne savais même pas que le mascarpone et les biscuits à la cuillère figuraient parmi les ingrédients. C'est dire l'ampleur du désastre qui m'attend.

— Peut-être, mais tu m'as enfoncée alors que j'avais presque réussi à convaincre ta mère de m'éviter l'humiliation culinaire.

Je croise les bras d'un air buté. Il s'avance vers moi et m'enlace tendrement. Il pose un baiser sur mes cheveux.

— Je n'étais pas là quand tu as prétendu savoir cuisiner ce dessert. Enfin, te connaissant, je suis persuadé que tu as menti pour essayer de sauver la face. Parce que tu es toujours persuadée que si tu te montres telle que tu es, les gens vont te trouver nulle. Comme lorsque tu tentes de faire croire que tu es une star du bridge.

Je ne peux réprimer un sourire à l'évocation de mon stratagème de la veille. Il poursuit de sa voix grave et chaude :

— Alors qu'il n'y a aucun mal à ne pas savoir cuisiner ou jouer aux cartes. Tu es parfaite comme tu es, c'est pour ça que je t'aime. Et ma famille n'a pas besoin que tu prétendes être quelqu'un d'autre pour réaliser à quel point tu es une personne formidable.

Ses paroles font fondre mon cœur. Je me serre contre lui et love ma tête contre sa nuque. Je reste comme cela de longues minutes, jusqu'à ce que je réalise que même s'il m'a dit des choses merveilleuses, il n'a pas répondu à ma question initiale. Je ne suis plus fâchée contre lui, mais cela dit j'aimerais bien comprendre pourquoi il m'a mis des bâtons dans les roues. Je m'écarte d'un pas et le dévisage.

— Au risque de paraître têtue, je ne pige toujours pas pourquoi tu as insisté auprès de ta mère pour que je cuisine un tiramisu alors qu'elle était sur le point de renoncer.

Il pointe un doigt sévère vers moi.

— Car tu as osé affirmer que j'étais gros et ça méritait une punition ! déclare-t-il sur un ton faussement autoritaire.

Il a du mal à masquer son hilarité. Ouf, il ne m'en veut pas. Je laisse échapper un gloussement. C'est vrai que j'ai été machiavélique.

— D'accord, ce n'était pas très fair-play de ma part. Enfin, ce n'était pas une raison pour m'envoyer à l'abattoir.

Il secoue la tête, une expression amusée sur le visage.

— À l'abattoir. Tout de suite les grands mots. Je ne t'ai pas envoyée à l'abattoir, je t'ai donné l'occasion de montrer à tout le monde de quoi tu étais capable. Je suis persuadé que tu t'en sortiras très bien.

Sur ce, il plante un baiser sur mon front et m'abandonne à mon triste sort.

Grâce à la magie du dieu Google, je trouve sans trop de difficulté une recette de tiramisu au chocolat. Je coince mon smartphone contre le mur du plan de travail pour me permettre de lire les instructions. Je commence par étaler sur la table les ingrédients : sucre glace, chocolat en poudre, lait, œufs, mascarpone et biscuits à la cuillère. Je mets ces derniers à tremper dans le lait chocolaté comme l'indique la recette et pendant ce temps-là, je m'occupe de casser les œufs. Je mélange les jaunes avec le mascarpone et le sucre. Pour l'instant, ça n'a pas l'air si terrible.

Monter les blancs en neige.

Aïe, ça se complique. J'ai déjà entendu l'expression, évidemment. Je ne vis pas dans une grotte. J'ai la télé comme tout le monde. Dommage que les séries télévisées ne montrent jamais dans le détail comment l'héroïne procède pour préparer un plat magistral à sa famille. Heureusement, le divin Google est toujours là pour voler à mon secours. Trois minutes plus tard, je visionne une vidéo YouTube intitulée « la technique pour battre des œufs en neige ». Je la repasse une seconde fois, pour être certaine de ne rien louper. Bien, ce n'est pas compliqué. Je devrais m'en sortir. Il me faut juste un batteur.

Telle une professionnelle, j'ouvre toutes les portes de placards afin de dénicher l'objet en question. Je finis par le découvrir, planqué derrière un bouquin de recettes de cuisine (comme quoi, même ma belle-mère a parfois besoin d'une antisèche).

Je branche le robot et presse le bouton marche. L'engin produit un bruit de tronçonneuse et se met à tourner à toute allure. J'introduis les fouets dans le bol contenant les blancs d'œufs, comme je l'ai vu faire dans le tutoriel YouTube. Quoiqu'à la réflexion, dans la vidéo, ils plongent le batteur dans le récipient avant de l'allumer. Bon, ça ne doit pas faire une grande différence.

Note pour plus tard : ne jamais dévier d'un tutoriel You Tube. Jamais.

À peine ai-je commencé que du liquide transparent et visqueux se met à gicler partout. En moins de cinq secondes, mes vêtements et mon visage sont recouverts de blanc d'œufs cru. Et je ne vous parle pas de mes cheveux. En pleine panique, j'arrache la prise électrique pour réduire au silence cette machine diabolique. Je contemple les dégâts et pousse un soupir de découragement. J'attrape une éponge pour essuyer la table de cuisine, nettoie du mieux que je peux les tâches qui maculent mon chemisier et rince les mèches de cheveux les plus atteintes sous le robinet.

Il ne reste plus que trois œufs dans la boîte. Je n'ai plus droit à l'échec. Avec une prière muette au saint patron des piètres cuisinières, je recommence la manœuvre en prenant garde cette fois-ci de plonger le batteur dans la préparation avant de le mettre en marche. Miracle, une mixture blanche et solide commence à se former dans le saladier. J'ai si peur que ça retombe que je stoppe avant de créer une nouvelle catastrophe.

Après avoir mélangé le tout, j'étale des couches de gâteaux et crème dans un plat. J'achève mon travail un sourire aux lèvres. J'ai l'impression de m'en sortir comme une chef. Une fois terminé, je contemple le résultat. Mon sourire fond comme neige au soleil. Une sorte de bouillie maronnasse dégouline autour des biscuits à la cuillère. Le moins que l'on puisse dire, c'est que ce n'est pas très appétissant. Et ça ne ressemble pas du tout à la photo du site internet. Je me gratte la tête, perplexe. Je ne comprends pas. J'ai suivi la recette à la lettre. Pourquoi le tiramisu qui illustre la page web met-il l'eau à la bouche alors que le mien a l'air d'avoir été digéré puis vomi ? Je tente de dédramatiser. Peut-être qu'après avoir reposé quelques heures au réfrigérateur, l'ensemble va se solidifier ?

Ragaillardie par cette pensée, je range le plat dans le frigo et vais retrouver les autres au salon.

Au prix d'un léger mensonge (j'ai prétexté avoir mal au crâne), je parviens de justesse à m'éviter une nouvelle partie de bridge avant le repas. Néanmoins, il va falloir que je trouve une autre excuse pour le reste de la semaine, car ma belle-mère, pleine de compassion, a insisté pour me bourrer de Doliprane. Je ne suis pas sûre que ma consommation un peu (beaucoup) trop élevée d'alcool fasse bon ménage avec une overdose de paracétamol. Une solution serait d'arrêter de picoler. Certes. Enfin, si je dois supporter ma belle-famille (sans parler de mes parents qui débarquent demain) sans bière pour m'épauler, je ne me donne pas trois jours avant de m'ouvrir les veines avec les couteaux à beurre en ivoire de Brigitte. Alors, foutu pour foutu, autant continuer l'alcool.

Durant le déjeuner, Edmond se lance dans un éloge interminable de sa lecture en cours, la biographie de Spinoza. Je suis incapable de participer à la conversation puisqu'hier soir, j'ai sombré dans le sommeil environ trois minutes trente après avoir mis mes écouteurs et lancé ma nouvelle acquisition audio, « Spinoza, sa vie, son œuvre ». Comme somnifère, on ne fait pas mieux. Indifférent au drame que je traverse, mon beau-père enchaîne sur un ton enflammé.

— Sa philosophie, élaborée sur le modèle mathématique d'axiomes et de propositions, a pour objet la recherche d'un bien suprême sur un mode rationnel, capable de nous extraire des conséquences néfastes des passions.

J'avale cul sec mon verre de vin rouge pour atténuer le choc. S'il remet ça au prochain repas, je vais devoir trouver un truc bien plus costaud. Antidépresseur, somnifère, cocaïne…

La fin du gigot d'agneau met un terme à mon calvaire. Ma belle-mère se lève pour desservir. Je jaillis de ma chaise comme si j'avais été propulsée par un ressort.

— Restez assise, je m'en charge !

Je ne peux retenir un sourire à la perspective de quitter la pièce et d'échapper à la discussion soporifique à laquelle je semble être la seule à ne rien comprendre. Elle hausse les sourcils, étonnée par mon débordement d'enthousiasme, hésite un instant puis se rassied.

— C'est très serviable à vous, Camille. Profitez-en pour rapporter votre tiramisu. J'ai hâte d'y goûter !

Merde, avec Spinoza, j'avais presque oublié « l'œuvre » qui attend dans le réfrigérateur.

Je bredouille une réponse incompréhensible et me hâte de filer à la cuisine. Je contemple le frigo et me mordille les lèvres. Dans quel état vais-je trouver mon dessert ? Je suis incapable de me décider à ouvrir la porte. Je reste plantée là de longues minutes, à espérer un miracle.

Depuis la salle à manger, la voix puissante de Brigitte me tire de ma torpeur.

— Tout va bien, Camille ? Vous avez besoin d'un coup de main ?

— NON ! Surtout pas ! Je… heu… je fignole les détails.

— Ah ? Très bien, prenez votre temps alors.

Au ton hésitant de sa réponse, je devine qu'elle est surprise par ma réaction. Je ne peux plus reculer. Ils vont finir par trouver louche mon absence prolongée. Je prends mon courage à deux mains et sors le plat du frigo. J'étouffe un juron en découvrant que la bouillie maronnasse aux allures de vomi n'a pas changé d'un pouce.

Je me laisse tomber sur une chaise et enfouis la tête dans mes mains. Qu'est-ce qui m'a pris, de prétendre savoir cuisiner ? Je suis juste bonne à décongeler du Picard. Ma belle-famille va penser que je suis une compagne catastrophique pour leur fils. Incapable de préparer un repas, de jouer au bridge ou de discuter philosophie et histoire. Le grincement de la porte me fait sursauter. Je relève la tête et me trouve face à Marc, qui me dévisage. Comme à chaque fois qu'il est inquiet, une large ride barre son front.

— Tu es partie depuis une éternité. Que se passe-t-il ?

Je hoquette, au bord des larmes.

— C'est un désastre. Mon tiramisu est affreux !

Il s'approche du plat et éclate de rire.

— En effet, il n'a pas très bonne mine.

Je fronce le nez, vexée d'être l'objet de son hilarité, puis me laisse gagner à mon tour par son fou rire.

— Tu es certaine d'avoir suivi la recette ? m'interroge-t-il après avoir retrouvé son calme.

— Oui ! J'ai même réussi à monter les blancs en neige.

Je me redresse sur ma chaise, fière de cet exploit.

— Bravo ma chérie, me félicite Marc en ébouriffant mes cheveux d'un geste tendre. Et ils étaient bien fermes ?

— Heu, je ne sais pas trop. C'était blanc et légèrement solide. J'aurais dû continuer à les battre jusqu'à ce que ce soit plus compact ?

— Je pense, oui. C'est pour ça que ta crème est trop liquide.

— Qu'est-ce que je vais dire à tes parents ? gémis-je d'une voix accablée. Je ne peux pas leur servir ça !

J'accompagne ma déclaration d'un geste mélodramatique du bras en direction du vomi marron qui trône dans le plat.

Marc se mord les lèvres pour garder son sérieux.

— Je crois qu'on peut arranger ça.

Il me tourne le dos et fouille dans les placards. Il revient avec une tablette de chocolat et une râpe à fromage.

— On va offrir à ton dessert une jolie tenue de camouflage.

Il entreprend alors de râper le cacao de façon à en recouvrir le tiramisu. Je contemple, médusée le résultat. C'est presque appétissant. Je suis si soulagée que je me jette à son cou et manque de le faire tomber sous mon élan.

De retour dans la salle à manger, je dépose le plat au centre de la table.

— Cela semble très appétissant, commente Edmond en empoignant une cuillère pour servir tout le monde.

Je tripote nerveusement mon verre en attendant leur verdict. Jules tente d'enfourner une bouchée et la crème trop liquide dégouline dans son assiette.

— La consistance est particulière, remarque Brigitte en mâchant d'un air pensif.

Je baisse les yeux, prête à encaisser les critiques.

— C'est vrai, mais le goût est excellent, annonce le jeune homme, qui est enfin parvenu à avaler une cuillère.

Edmond racle son assiette avec enthousiasme. Ma belle-mère se penche pour se resservir.

— Délicieux ! Bravo, Camille. C’est une réussite, me félicite-t-elle.

Mes joues rosissent sous le compliment. Marc pose un bras autour de mes épaules.

— Je vous avais bien dit qu’elle était formidable.

5

La première chose qui me frappe lorsque nous pénétrons dans la salle des fêtes de Vazalot, c'est la foule. Je ne m'attendais pas à ce que la soirée de Noël du village rassemble autant de monde. Il y a des jeunes, des moins jeunes, des plus très jeunes et même des pas jeunes du tout. Les invités sont sur leur trente et un et je me félicite d'avoir opté pour une tenue habillée : ma jupe longue grise et mon chemisier en crêpe dont la couleur rouge se marie à merveille avec mes boucles brunes. À la vue de tous ces gens qui se connaissent depuis des lustres et discutent en buvant du champagne, je sens une vague de stress traverser mon corps. Qu'est-ce que je vais bien pouvoir leur raconter, moi qui suis une parfaite inconnue ici ? Au fond de la pièce, une silhouette vêtue de noir à la chevelure rousse agite les bras dans notre direction. Lucie. Marc lui rend son salut et tente de l'esquiver en m'entraînant vers le buffet. Raté, elle fond sur nous tel un épervier sur une musaraigne.

— Enfin, vous voilà ! J'ai bien cru que vous ne viendriez pas.

Elle se pend au cou de mon chéri pour lui faire une bise. Enfin, quatre. S'il n'avait pas reculé, je pense qu'elle aurait poursuivi jusqu'à dix. Je serre les poings pour réprimer mon envie de lui coller un pain. Je parviens même à ne pas moufter lorsqu'elle me file deux coups de joue en guise de salut. Il serait malvenu de faire un esclandre en plein milieu d'une fête de Noël. Elle détourne son attention de moi pour se pencher vers Marc.

— Devine qui est là ce soir et meurt d'impatience de te voir ? roucoule-t-elle d'une voix mielleuse.

Il hausse les épaules en signe d'ignorance. Elle enchaîne :

— Yoann !

Il ouvre des yeux éberlués.

— Yoann ? Je croyais qu'il avait quitté Vazalot pour s'installer dans le Sud.

— C'était le cas. Il est de retour depuis six mois. Il a repris le bar lorsque son père est parti à la retraite. Maintenant, il habite ici, avec sa femme et leurs deux enfants.

Marc se tourne vers moi et explique à mon intention :

— Yoann est mon copain d'enfance. Ses parents tenaient le café du village. Je l'ai perdu de vue après la fac. Je suis monté à Paris pour suivre mes études de journalisme alors que lui a filé à Marseille apprendre le droit. Il disait que tant qu'à être avocat d'affaires, autant le faire au soleil.

Son visage s'éclaire d'un sourire Colgate.

— Où est-il, que j'aille le saluer ?

Lucie lui prend le bras et le guide à travers la foule. Je leur emboîte le pas, avec la désagréable impression d'être la cinquième roue du carrosse.

Yoann et Émilie, son épouse, me plaisent au premier regard. Blond à la calvitie précoce, l'ancien avocat a des yeux bleus qui respirent la gentillesse et l'intelligence. Avec sa silhouette longiligne, on l'imagine plus facilement en costume cravate en train de rédiger des contrats qu'à servir des bières pression derrière un comptoir. Sa femme, au contraire, est volubile et pleine d'énergie. Elle domine son mari d'une bonne tête et de dos, avec sa coupe de cheveux à la garçonne, on pourrait la prendre pour un homme. Toutefois, son sourire malicieux et ses pommettes hautes lui donnent une allure presque aristocratique.

Pendant que les deux amis d'enfance se résument leur vie et se remémorent leurs souvenirs de guerre, avec Lucie la pétasse qui glousse à chacune de leurs anecdotes, Émilie me raconte sa nouvelle existence à la campagne. Elle a abandonné son poste d'institutrice à Marseille pour suivre son mari dans ce patelin minuscule. Elle tient avec lui Le Café de la place, le seul et unique bar de Vazalot. Elle ne se plaint pas et affirme même être très heureuse de pouvoir discuter toute la journée avec la clientèle d'habitués. Je lui promets de passer lui rendre visite pour boire un expresso (comprendre : une bière, voire plusieurs) avant notre départ.

Au bout d'une heure, le couple nous abandonne pour faire dîner leurs deux garçons, restés seuls à la maison. Brigitte nous rejoint alors, une coupe de champagne à la main.

— Mon chéri, maintenant que tu es disponible, j'aimerais te présenter monsieur et madame Lesieurs, avec qui je joue au bridge. Je leur ai tellement parlé de toi qu'ils sont impatients de te rencontrer.

Marc ébouriffe sa chevelure poivre et sel. Je le connais assez pour savoir que ce geste est un signe d'embarras.

— Peut-être une autre fois, maman. Je pensais rentrer avec Camille.

— Enfin, mon chéri, elle peut venir avec nous, voyons !

Chouette, un débat entre joueurs de bridge auquel je ne vais rien comprendre !

Il devine mon manque d'enthousiasme – lui aussi me connaît par cœur – et me fait un clin d'œil avant de répondre.

— Tu sais, maman, tout le monde n'est pas aussi passionné que toi par les discussions sur le bridge.

Ses lèvres se pincent en une moue offusquée.

— Dis tout de suite que ma conversation est soporifique !

Son fils soupire.

— Je n'ai pas dit ça. Tu dramatises tout.

— Accompagne ta mère, je vais m'occuper de Camille, intervient Lucie. On va bien s'amuser entre filles !

Elle m'adresse un sourire complice. Je la dévisage avec étonnement. C'est la première fois qu'elle manifeste de la gentillesse à mon égard. L'aurais-je mal jugée ? Marc m'interroge du regard. Je n'ai qu'un signe à faire et il déclinera la proposition. Nous retournerons alors passer la soirée en amoureux dans la demeure familiale. La perspective est bien plus tentante que de me retrouver seule avec son ex. Néanmoins, je devine que ma belle-mère sera contrariée et je m'en voudrais d'être cause de discorde entre eux.

Je plaque un sourire forcé sur mon visage et m'efforce d'adopter un ton enthousiaste.

— Lucie a raison, je peux rester avec elle pendant que tu discutes bridge !

Brigitte ne se le fait pas dire deux fois et s'empresse d'entraîner son fils à travers la foule avant que je ne change d'avis.

— Tu sais que tu es une star, ici ? me demande Lucie une fois que nous sommes seules.

Sa question me prend au dépourvu. Est-elle sérieuse ou cherche-t-elle à se moquer de moi ? Je tripote une mèche de cheveux pour gagner du temps.

— Ah oui ? dis-je enfin d'un ton hésitant.

— Oui ! J'ai raconté tes exploits aux amis de ma grand-mère, lorsque tu as démasqué toute seule ce criminel qui étranglait des femmes. Je leur ai promis qu'ils pourraient te rencontrer ce soir.

Lucie fait référence aux évènements dramatiques qui ont frappé Perclin six mois plus tôt. La ville était devenue le terrain de chasse d'un tueur en série s'en prenant aux femmes seules. J'avais alors décidé, dans le plus grand secret, de mener ma propre enquête dans l'espoir de décrocher un scoop qui boosterait ma carrière de journaliste. Grâce à mes investigations, l'assassin croupissait maintenant sous les verrous et son arrestation spectaculaire, au cours de laquelle j'avais frôlé la mort, m'avait propulsée sous le feu des projecteurs.

La presse nationale ayant largement relayé ces événements, je ne m'étonne guère que Lucie ait entendu parler de l'affaire. En revanche, son changement d'attitude à mon égard me déroute. Elle, si froide la veille, se montre aujourd'hui amicale et bienveillante au point de parler de moi à ses proches. En d'autres circonstances, j'apprécierais le geste. Toutefois la connaissant, j'hésite encore à lui faire confiance.

Arrête d'être paranoïaque, Camille !

Comme si elle lisait dans mes pensées, elle m'explique.

— Désolée si je t'ai paru distante hier. J'ai été contrariée que les parents de Marc m'aient caché ton existence. Mais je suis super contente qu'il ait enfin retrouvé l'amour.

Elle ponctue sa déclaration d'un sourire radieux. Je me détends, à la fois rassurée sur ses intentions à mon sujet et flattée qu'elle connaisse l'événement de ma carrière de journaliste qui m'a projetée sous le feu des projecteurs.

— Allez, viens.

Elle me prend par le bras et m'emmène au fond de la salle. Un groupe de personnes âgées, assises sur des chaises en plastique, interrompent leur discussion à notre arrivée.

— Camille, je te présente Fernand, Raymond, Henriette, Marthe et enfin Simone, ma mamie.

Je serre les mains qu'ils me tendent en tâchant de mémoriser leurs prénoms.

— Alors, c'est vous, la petite jeune femme dont ils ont parlé dans les journaux ?

La question émane de Fernand, un très vieux monsieur au regard vif derrière des lunettes cerclées de métal. Avant que j'aie le temps de lui répondre, Simone me demande de leur raconter toute l'histoire. Je me replonge alors dans mes souvenirs pour leur relater les circonstances dans lesquelles, au début de l'année, Perclin avait été le théâtre de plusieurs assassinats de femmes seules et de quelle façon j'avais décidé de mener l'enquête pour démasquer le meurtrier (et surtout pour tenter de décrocher un scoop). Ils m'écoutent avec attention, buvant chacune de mes paroles. Moi qui pensais passer une soirée barbante, je m'amuse en réalité beaucoup. À la fin de mon récit, ils m'applaudissent et je rougis comme une gamine. Lucie en rajoute une couche et propose que nous trinquions à l'héroïne du jour.

— Camille et moi allons rapporter du champagne, annonce-t-elle à mon auditoire.

Nous nous dirigeons vers le bar, autour duquel s'agglutine une foule d'assoiffés.

— Oh, ça va prendre des heures, constaté-je dépitée.

— Mais non, tu vas voir.

Elle joue des coudes et se faufile comme si de rien n'était jusqu'au serveur. Gênée de la voir passer devant tout le monde, je reste en retrait. Elle m'interpelle haut et fort.

— Alors, tu me rejoins ? Je ne pourrai pas porter tous les verres !

Plusieurs têtes se tournent vers moi. Pas le choix, il faut que j'y aille. Je fixe mes pieds afin de ne pas croiser les regards mécontents de ceux que je m'apprête à doubler et me fraye un chemin vers Lucie.

Un jeune homme en costume noir étale devant nous sept flûtes et les remplit à ras bord du précieux liquide pétillant. Même à deux, je vois mal comment transporter ça. Je fais part de mes doutes à ma compagne. Elle me jette un coup d'œil condescendant et me balance d'un ton presque cassant :

— J'ai été serveuse quand j'étais étudiante. Je n'aurai aucun problème pour porter quatre boissons. Tu ne peux pas en prendre trois ?

Cette fille, c'est Docteur Jekyll et Mister Hyde. Une minute, elle est adorable et la suivante, odieuse. Agacée par son comportement, je lui réponds d'une voix sèche :

— Bah non, je ne suis pas Shiva, tu vois !

Elle pousse un profond soupir. S'il n'y avait pas autant de témoins, je lui balancerais une coupe de champagne dans la tronche, ça m'en ferait une de moins à trimballer.

— Il y a des plateaux sur la table, là-bas. Je vais en chercher un.

Sans un mot, elle me tourne le dos et traverse la foule. Trois minutes plus tard, elle est de retour avec un plat rond en métal argenté. Je l'aide à y disposer les flûtes lorsqu'un vacarme assourdissant me fait sursauter. Je stabilise de justesse le verre que je tiens à la main, évitant au breuvage doré de se répandre sur le bar. Je me tourne vers l'origine du raffut. Un serveur en costume noir contemple d'un air navré l'amas de vaisselle brisée qui gît à ses pieds. Un enfant d'une dizaine d'années aux joues rouges s'excuse d'une voix haut perchée, avant de prendre ses jambes à son cou en poussant de cris stridents.

— Ah les mômes, commente Lucie avec un mouvement de tête désapprobateur. On va tâcher de ne pas provoquer un nouveau drame. Je propose que tu prennes deux coupes et moi je porte le plateau. Et tant qu'à faire, je vais aussi rapporter de quoi grignoter.

Elle se saisit d'un bol d'olives vertes qui traîne sur le comptoir et le pose avec le reste.

— C'est parti !

Malgré son encombrante cargaison, elle navigue avec une agilité déconcertante au milieu des convives. J'attrape avec précaution les derniers verres, mais bien que je sois moins chargée qu'elle, j'avance au ralenti. Entre les invités qui grouillent autour de moi et ma maladresse légendaire, je crains le pire. Lorsque j'arrive enfin à bon port, Lucie a déjà distribué ses boissons aux femmes du groupe. Raymond et Fernand tendent des mains avides vers moi alors je leur donne les miennes.

— Nous avions dû mal compter, je n'ai pas de verre, constaté-je dépitée.

— T'inquiète, je t'en avais mis un de côté. Avec ces boit-sans-soif, on n'est jamais trop prudent, réplique la rouquine avec un sourire malicieux, comme si nous étions les meilleures amies du monde.

Elle se retourne et attrape une flûte posée sur le muret derrière nous. Je n'ai pas le temps de la remercier qu'elle propose un toast.

— Alors santé ! Et encore bravo à Camille !

— Santé !

Mes nouveaux fans goûtent avec avidité leurs boissons.

— C'est autre chose que le mousseux bon marché que l'on nous sert à la maison de retraite, relève Henriette avec un claquement de langue appréciateur.

Fernand vide son champagne d'un trait.

— Ça fait du bien par où ça passe !

Sa remarque m'arrache un sourire. Quelle descente ! Soudain, il se met à tousser.

— Voilà ce qui arrive lorsque l'on boit trop vite ! le sermonne Marthe en agitant un doigt réprobateur.

Elle lui tape gentiment dans le dos pour faire passer

sa quinte de toux, mais le vieil homme continue à expectorer de plus belle. Sa respiration devient sifflante. Il porte une main tremblante à son cou.

— Je crois qu'il n'arrive plus à respirer ! gémit Simone d'une voix chargée d'inquiétude.

— Appelez un médecin !

Je dégaine mon portable pour composer le numéro du Samu lorsque Fernand s'écroule. Ses lèvres sont bleues et son corps décharné est secoué de convulsions. Lucie se jette à califourchon sur lui et commence un massage cardiaque. Elle me hurle de contacter les secours. La gorge nouée par l'émotion, j'obtempère aussi vite que mes doigts me le permettent. Je dicte l'adresse à l'opérateur du Samu. Dans la salle, les conversations se sont tues. Autour de nous, la foule a formé un cercle et nous observe dans un silence quasi religieux. Marc m'a rejointe et serre ma main gelée entre les siennes.

Un bruit de sirène nous signale l'arrivée de l'ambulance. Trois hommes en pantalons et blouses blanches, chargés d'un gros sac à dos bleu, débarquent en courant. Lucie s'écarte pour leur céder la place. Ils prennent le pouls de Fernand, constatent qu'il est en arrêt cardiaque et nous annoncent qu'ils doivent l'emmener d'urgence à l'hôpital. Un murmure parcourt l'assistance.

— Tu crois qu'il va s'en sortir ? demandé-je à Marc, tandis que le vieux monsieur est évacué par les ambulanciers sur un brancard.

— Je ne sais pas. Il est très âgé, tu sais.

Avant que le véhicule ne reparte, le médecin du Samu s'approche de nous.

— Savez-vous s'il a mangé quelque chose de particulier ou pris des médicaments ?

Je secoue la tête en signe d'ignorance.

— Je n'ai rien vu, mais je n'étais avec lui que depuis une heure. Pourquoi ?

— Son haleine sentait l'amande. Ce qui pourrait être le symptôme d'un empoisonnement au cyanure. Cela nous aiderait pour le traiter de savoir ce qu'il a ingéré dans les heures précédant son malaise.

Mes yeux s'écarquillent d'effroi.

— Vous croyez qu'il a été empoisonné ?

Je parviens à peine à articuler tant cette hypothèse me glace le sang. Le médecin lève les mains devant lui.

— Du calme, je n'ai pas dit cela. Dans la plupart des cas, les empoisonnements au cyanure sont accidentels. Cette substance se retrouve dans les insecticides, les noyaux d'abricot, les amandes amères, les pépins de pomme… Il y a mille façons d'être intoxiqué. En outre, tant que nous n'avons pas fait d'analyses, nous ne pouvons pas affirmer avec certitude qu'il s'agit bien de cela.

Je m'autorise à reprendre ma respiration. Fernand a dû absorber par mégarde une faible quantité de cyanure ou d'un autre composé nocif. L'équipe médicale va trouver ce dont il s'agit et il sera bientôt sur pieds. La voix stridente de Lucie me fait sursauter.

— C'est toi !

Je la dévisage sans comprendre. Elle fond sur moi tout en continuant à m'invectiver et pointe un doigt dans ma direction.

— C'est toi qui lui as servi sa coupe de champagne ! Tu l'as empoisonné !

— Hein ?

Mes yeux s'écarquillent d'effroi. Elle plaisante ou

quoi ? J'ai envie de lui hurler qu'elle est dingue mais ma gorge est nouée et je reste sans voix face à ses accusations. Ses cris ont attiré l'attention et plusieurs personnes observent la scène. Marc, le visage rouge de colère, attrape sans ménagement son ex par le bras.

— Ça suffit ! Je comprends que tu sois sous le choc, mais ce n'est pas une raison pour t'en prendre à Camille !

Elle se dégage de son étreinte et reprend de plus belle.

— Je l'ai vue, elle a tendu un verre à Fernand et à peine l'a-t-il bu qu'il a commencé à étouffer !

Elle prend la foule à témoin.

— C'est une meurtrière ! Appelez la police !

J'ai l'impression d'être dans un mauvais polar. Un de ces films où un pauvre innocent se retrouve accusé d'un crime qu'il n'a pas commis et doit fuir pour échapper à la prison. Je réalise que cinquante paires d'yeux sont braquées sur moi. Au premier rang, une femme en robe grise, un téléphone à l'oreille, tient une conversation inaudible. Je parviens malgré tout à distinguer les mots « salle des fêtes » et « meurtre ». Mon sang se glace dans mes veines. Elle est en train d'appeler les flics. Je secoue la tête pour recouvrer mes esprits. C'est un malentendu. Je dois leur expliquer que c'est un malentendu.

— Je n'ai rien fait !

Ma voix est rauque. Je tuerais pour une gorgée d'eau. Quoique cette formulation ne soit pas très heureuse compte tenu des circonstances. Je poursuis, cette fois sur un ton plus virulent.

— Nous avons commandé le champagne ensemble au bar. Tu étais avec moi tout du long. Et d'ailleurs, quelle raison aurais-je eue d'empoisonner un vieux monsieur que je n'avais jamais vu avant ? C'est ridicule !

Mes joues sont rouges de colère et je serre les poings si fort que mes ongles laissent de profondes entailles dans mes paumes. Autour de nous, les conversations se sont tues. Le silence nous enveloppe. Lucie me fixe de ses yeux noirs. S'ils étaient des revolvers, je serais déjà morte. Nous nous faisons face, telles deux boxeuses sur un ring.

— Je t'ai laissée seule avec tes boissons. Tu as mis un temps interminable à nous rejoindre. Je suis certaine que tu en as profité pour verser du poison dans le verre.

— T'es timbrée ! Pourquoi je voudrais le tuer ? Je ne le connaissais même pas !

Elle relève le menton d'un air triomphant.

— Pour revenir sur le devant de la scène ! Depuis ton scoop sur les meurtres de Perclin, tu es retombée dans l'oubli. Alors, tu as planifié un assassinat ici afin d'écrire un article sur le sujet !

Les bras m'en tombent. Cette gonzesse est cinglée. Folle à lier. Démente. Barjo. Tarée. J'éclate d'un rire froid.

— T'es vraiment malade. Sérieux, va voir un psy !

Lucie a les traits déformés par la haine.

— Tu expliqueras ça à la police, vocifère-t-elle. Ils arrivent.

— C'est du délire ! s'exclame Marc, la mâchoire crispée.

Un bruit de sirène résonne dans la rue. Trois minutes plus tard, la foule s'écarte pour laisser place à deux hommes en vestes bleu marine striées d'une rayure blanche. Le mot « gendarmerie » s'étale en lettres capitales sur leur uniforme.

6

Assise sur une chaise en bois inconfortable, je décline mon identité à l'adjudant Régis Merlot. La concentration dessine un bourrelet sur son crâne rasé. Avec ses deux index, il retranscrit sur son ordinateur le moindre de mes propos. Moi dont la seule infraction dans la vie se résume à un PV de stationnement, je me retrouve interrogée comme un délinquant multirécidiviste. La situation est surréaliste.

Les locaux de la brigade de gendarmerie de Vazalot ressemblent à s'y méprendre à ceux du *Gendarme à Saint-Tropez*. Murs vert clair, bureaux couleur chêne agrémentés de nombreux tiroirs, casiers métalliques. D'un instant à l'autre, je m'attends à voir débarquer Louis de Funès et Michel Galabru. Dans les pièces voisines, Marc, Lucie, Simone, Henriette, Marthe et Raymond subissent le même sort que moi. En mon for intérieur, je rêve que la cinglée rousse finisse en cellule à l'issue de son audition. Mais pour l'instant, le plus urgent est de convaincre mon interlocuteur de mon innocence.

— Pourriez-vous me raconter votre version des faits, mademoiselle Joubert ? me questionne-t-il du ton soupçonneux caractéristique de son corps de métier.

Si l'heure n'était pas si grave, je rirais de l'accumulation de clichés qui règnent dans ce lieu. Je lui décoche un sourire et lui narre en détail les événements de la soirée. Lorsque je mentionne l'idée de Lucie d'utiliser un plateau, il relève la tête et m'interrompt.

— Mademoiselle Tranoy s'est donc absentée pour aller chercher un plateau ?

J'opine du chef.

— C'est ça.

— À cet instant, vous restez alors seule avec les verres ?

— Cela dépend de ce que vous appelez « seule ». Je vous rappelle qu'il y avait foule autour de moi.

Il plisse les yeux et se penche vers moi.

— Ne jouez pas à la plus maligne. Vous avez très bien compris le sens de ma question.

Je soupire. Ce type n'a aucun sens de l'humour.

— En effet, j'étais seule au bar durant un court laps de temps.

Le cliquetis de son clavier d'ordinateur ponctue ma réponse. À l'allure où il tape, on va y passer la nuit… Après un temps qui me paraît interminable, il m'invite à poursuivre mon récit. À mon grand soulagement, il ne m'interrompt plus et se contente de noter scrupuleusement mes déclarations. La pendule indique vingt-trois heures lorsqu'il me remercie, se lève et m'invite à le suivre. J'étouffe un bâillement et lui emboîte le pas. Nous pénétrons dans une salle aveugle. L'unique ampoule qui pendouille au plafond projette une lumière blafarde sur les murs blancs à la peinture écaillée. L'endroit est glauque à souhait. Marc, Lucie et le reste des témoins sont déjà là, tassés les uns à côté des autres sur des bancs en bois. Je constate, non sans une certaine satisfaction, que mon chéri a choisi le plus éloigné de son ex.

— Patientez ici, je vous prie. Nous viendrons vous chercher.

L'adjudant Merlot quitte la pièce et referme la porte derrière lui. Sous le regard meurtrier de la rouquine, je vais m'installer entre Raymond et Marc qui se serrent pour me faire une place.

Bien qu'il n'ait pas assisté à la mort de Fernand, mon homme a tenu à m'accompagner, quitte à subir lui aussi un interrogatoire en règle. Je lui suis reconnaissante de ne pas m'avoir laissée affronter cela seule.

— Tout s'est bien passé ? chuchote-t-il.

— Oui, je pense. Je crois qu'il m'a crue.

— Encore heureux, vu que tu n'as rien à te reprocher. Cette peste de Lucie va en prendre pour son grade quand nous serons sortis d'ici, grogne-t-il entre ses dents.

Je ne peux retenir un sourire à l'idée de l'engueulade que va subir ma nouvelle ennemie. Pour l'avoir comme chef au boulot, je suis bien placée pour savoir qu'il peut se mettre dans une colère noire lorsqu'un de mes collègues le pousse à bout.

L'heure qui suit passe comme au ralenti et un silence oppressant règne dans la salle. Cette attente fait monter mon niveau de stress. Je serre mes paumes moites l'une contre en tâchant de ne pas imaginer le pire. En face de moi, la cinglée rousse me décoche des œillades assassines. Les autres témoins, eux, semblent beaucoup plus calmes. Ne pas avoir été accusés de meurtre par une folle furieuse leur rend la situation plus facile.

Enfin, la porte s'ouvre sur un jeune gendarme blond.

— Mesdemoiselles Tranoy et Joubert, veuillez me suivre, s'il vous plaît.

Un vent de panique s'empare de moi.

Qu'est-ce qu'ils me veulent, encore ?

Marc bondit de son siège et rugit :

— Ça suffit comme ça, maintenant ! Vous n'avez aucun droit de nous retenir ici plus longtemps !

L'homme lève les mains en signe d'apaisement.

— Calmez-vous. Nous voulons seulement leur poser quelques questions supplémentaires. Ensuite, vous serez libres de rentrer chez vous.

Le visage de Marc se contracte. Si je n'interviens pas rapidement, il va exploser et je doute que cela arrange notre situation, qu'il colle une mandale à un représentant de l'ordre.

— T'inquiète pas, ça va aller. Je suis sûre que ce ne sera pas long, dis-je pour le rassurer.

En réalité, je n'en mène pas large et mes jambes flageolent tandis que j'accompagne le gendarme dans la pièce principale. L'adjudant Merlot nous attend derrière son bureau. Il nous fait signe de prendre place sur les deux chaises installées face à lui.

— Je souhaitais vous confronter car vos versions divergent, annonce-t-il d'une voix sévère. Mademoiselle Joubert, votre amie ici présente…

Je le coupe d'un ton sec.

— Ce n'est pas mon amie !

Il fronce ses sourcils broussailleux, contrarié d'être interrompu.

— C'est noté. Je disais donc que mademoiselle Tranoy

ici présente affirme que vous avez versé du cyanure de potassium dans le verre de Fernand Guichard.

Je jaillis de ma chaise comme si elle m'avait éjectée.

— C'est un mensonge !

— Pourriez-vous me laisser terminer et vous rasseoir, je vous prie ?

Sa voix tranchante me fait frissonner. J'ai intérêt à faire profil bas.

— Oui, pardon, cela ne se reproduira plus, murmuré-je du bout des lèvres.

Il hoche la tête d'un air satisfait et se tourne vers Lucie.

— Mademoiselle Tranoy, confirmez-vous vos accusations ?

— Absolument.

Le sourire mielleux qu'elle lui adresse me donne envie de lui fracasser la tronche contre le bureau. Je me contente d'un très courtois :

— Ta gueule, morue !

— Je me demande bien ce que Marc trouve à une grosse vache comme toi ! me crache-t-elle d'un ton haineux.

Que cette garce ose s'attaquer à mes trois (enfin six) kilos en trop me fait perdre mon sang-froid. Sans réfléchir, je me jette sur elle. La maigrelette ne fait pas le poids face à moi et tombe à la renverse sous le choc. Je profite de mon avantage pour lui arracher une poignée de cheveux roux. Elle riposte en me balançant son genou dans le ventre. Je pousse un gémissement de douleur et lui décoche un coup de boule à la Zizou. Dans les films ou sur les terrains de foot, cela paraît facile. Saloperie de publicité mensongère. Une douleur fulgurante me traverse le crâne. J'ai néanmoins la satisfaction d'entendre la tête de Lucie émettre un « bong » retentissant au moment où elle frappe le sol, accompagné d'un cri plaintif. Je m'apprête à lui mordre l'épaule lorsque deux bras puissants me tirent en arrière.

— Ça suffit toutes les deux, hurle l'adjudant Merlot, dont le visage a viré au cramoisi.

— C'est elle qui a commencé, couine la garce rousse qui se relève péniblement.

— Tu veux du rab, pouffiasse ? beuglé-je en faisant un pas menaçant vers elle.

Ma provocation a l'effet escompté et cette fois, c'est elle qui se précipite sur moi, le visage déformé par la colère. Un partout. Elle ne pourra plus prétendre que je suis l'unique responsable de cette bagarre. Le gendarme s'interpose avant qu'elle n'ait réussi à m'atteindre.

— Vous êtes cinglées !

Une grosse veine bleue bat sur sa tempe. Il semble hors de lui. Je juge préférable de calmer le jeu. Au prix d'un effort prodigieux, je parviens à maîtriser mes nerfs.

— Je vous prie de m'excuser, adjudant. J'ai perdu mon sang-froid face aux accusations abracadabrantesques de cette femme, dis-je avec un mouvement dédaigneux du menton en direction de Lucie.

— Si vous me refaites un coup pareil, je vous fiche en cellule toutes les deux !

Un frisson me parcourt l'échine à l'idée de passer la nuit en prison. Je me rassieds sans broncher, les mains sur les genoux. L'image même de la perfection. Après un dernier regard suspicieux, le flic fait de même et reporte son attention sur son écran.

— Je résume donc la situation. Selon les déclarations de Lucie Tranoy, Camille Joubert aurait volontairement versé du cyanure de potassium dans le verre de Fernand Guichard. De son côté, mademoiselle Joubert conteste formellement ces accusations.

Il se tourne vers moi.

— Avez-vous autre chose à ajouter ?

— Oui, que cette connasse va me payer cher ces foutus mensonges.

Merde, j'ai dit ça à haute voix !

Je me mords les lèvres. Je l'ai pensé si fort que c'est sorti tout seul. Le visage de Merlot se contracte.

— Est-ce une menace, mademoiselle Joubert ?

Je ricane bêtement pour tenter de dédramatiser.

— Heu, non, enfin, pas au sens physique du terme. Je parlais en sens figuré, bien entendu.

— J'aime mieux ça. Alors, si vous n'avez rien à ajouter... Rien d'intéressant, j'entends...

Il s'interrompt et m'adresse un regard d'avertissement. Je me tasse sur ma chaise.

— Alors je vais vous demander de signer vos déclarations et vous serez libres de partir. Nous vous tiendrons informées des conclusions de l'enquête.

J'attrape le stylo qu'il me tend et griffonne, d'une main que la situation rend malhabile, un gribouillis illisible au bas du procès-verbal. Sans un regard pour Lucie, je quitte la pièce et file retrouver Marc, qui patiente toujours sur son banc, seul, puisque les autres témoins ont été autorisés à rentrer chez eux. Je me blottis dans ses bras et la chaleur de son corps contre le mien m'aide à oublier cette affreuse soirée. Lorsque je me sens mieux, je lui prends la main et l'entraîne vers la sortie. Une fois sur le parking, il pile sans prévenir, manquant de me faire tomber.

— Avant qu'on rentre, je voudrais dire deux mots à Lucie. Ce qu'elle t'a fait subir ce soir est inacceptable. Elle va m'entendre !

Sa voix bouillonne de rage. J'adorerais voir cette garce se prendre un savon. À dire vrai, je rêverais de la voir se faire arracher les ongles un par un sans anesthésie. Néanmoins, mes récents débordements m'ayant déjà attiré les suspicions de l'adjudant Merlot, il est préférable de s'en tenir là pour ce soir. Je pousse Marc vers la voiture.

— On verra ça demain. Rentrons nous coucher, s'il te plaît, je suis épuisée.

7

Après une nuit peuplée de cauchemars – j'ai rêvé que je courais nu pieds sur l'autoroute pour échapper à une sorcière rousse qui me poursuivait, juchée sur le balai d'Harry Potter –, je touille mon café avec l'énergie d'un mollusque, en luttant pour garder les yeux ouverts. Marc est déjà levé depuis une heure et est parti au marché avec Brigitte et Edmond. Ma belle-mère a prévu de mettre les petits plats dans les grands pour le réveillon de ce soir et tient mordicus à servir un plateau de fruits de mer, alors que le menu est déjà surchargé de foie gras, saumon fumé, boudins blancs et autres mets aussi savoureux que caloriques. C'est que nous aurons des invités de marque. Mes parents arrivent en effet cet après-midi. Elle veut faire bonne impression et a prévu un menu digne d'un restaurant étoilé. De mon point de vue, c'est donner de la confiture aux cochons. Catherine, ma mère, est la reine des catastrophes culinaires. Il faut dire que pour elle, une épice en vaut une autre. Si elle n'a plus de curry, qu'à cela ne tienne, elle le remplace par ce qu'elle a sous la main. De la cannelle par exemple. Je vous laisse imaginer le goût du poulet à l'indienne qu'elle nous a servi lors d'un récent déjeuner de famille. Une fois, elle a même réussi à déclencher le détecteur de fumée des voisins. Le coupable : le soufflé au fromage qu'elle avait oublié dans le four pendant quatre heures. Et le pire, c'est que peu importe l'ampleur du désastre, elle trouve toujours ses plats excellents. Alors, quel intérêt que ma belle-mère passe son après-midi à préparer un festin ?

Quant à Alain, mon père, il subit depuis tant d'années les sévices alimentaires de son épouse que ses papilles gustatives ont certainement mis fin à leurs jours depuis belle lurette.

Un coup de sonnette me tire de ma rêverie. Il est trop tôt pour que ma belle-famille soit déjà de retour. Quant à Jules, il a passé la nuit chez un copain et ne reviendra que ce soir. Et de toute façon, ils ont tous leurs clés. Un nouveau *dring* me signale que dehors, on s'impatiente. La perspective de converser avec un inconnu, en peignoir et mal réveillée, alors que je n'ai même pas eu le temps d'avaler ma dose de caféine, ne m'emballe guère. Néanmoins, l'importun ne semble pas décidé à renoncer vu qu'il en est à sa troisième sonnerie. Je pousse un soupir et me résigne à aller ouvrir.

La lourde porte d'entrée en chêne massif ne dispose pas de judas, je ne peux donc pas vérifier l'identité de l'intrus. Pourvu que ce ne soit pas Lucie. Ou la police. Je suis prise de sueurs froides à la perspective de me retrouver nez à nez avec le crâne chauve de l'adjudant Merlot. Le carillon de la sonnette résonne maintenant en continu et me vrille les tympans. Qui que ce soit, il est pressé. Vu mon état ce matin, mes oreilles ne peuvent supporter ce vacarme plus longtemps. Je tourne la clé dans la serrure. Le grincement des gonds met fin à mon supplice.

Mes yeux s'écarquillent en découvrant le visage de mon visiteur. À la réflexion, j'aurais préféré les gendarmes. Tout, plutôt que de devoir affronter ma mère à cette heure matinale.

Qu'est-ce qu'elle fout là ? Il n'est que dix heures !

J'hésite à lui claquer la porte au nez, mais ses lèvres pincées et ses joues rouges me dissuadent de jouer la provocation. Elle pénètre en trombe dans la maison.

— Tu en as mis, du temps, à ouvrir ! J'ai même cru que la sonnette était en panne. Et d'ailleurs, pourquoi est-ce toi qui m'accueilles ? Et en peignoir en plus ! Les parents de Marc ne sont pas là ?

Toutes ces questions agressent mon cerveau mal réveillé. Je secoue la tête pour tenter de reprendre mes esprits. Contrairement à moi, ma génitrice pète la forme et semble avoir bouffé du lion. À soixante-cinq ans, avec ses cheveux bruns coupés à la garçonne et sa silhouette menue, elle en paraît dix de moins. Et quand elle est excitée comme aujourd'hui, elle pourrait même passer pour une adolescente.

— Je ne comprends pas pourquoi vous êtes là si tôt. On ne vous attendait pas avant la fin d'après-midi.

Ma mère porte les mains à son visage d'un air affolé.

— Tu n'as pas eu mes messages ?

— Heu, quels messages ? dis-je d'une voix hésitante.

— Les quatorze textos que je t'ai envoyés depuis hier soir ! Je suis bien obligée de communiquer par textos, puisque tu ne prends jamais mes appels.

Elle ponctue sa remarque d'un claquement de langue agacé. Vu les événements de la veille, je n'ai pas pris la peine de consulter mon téléphone. Toutefois, ce n'est peut-être pas le meilleur moment pour lui annoncer que j'ai passé la soirée au poste de police. Ni pour lui expliquer que si je ne réponds jamais lorsque son nom s'affiche sur l'écran de mon smartphone, c'est qu'elle m'appelle si souvent qu'on frôle le harcèlement et qu'en plus, elle me tient la jambe une plombe. Je préfère inventer une excuse crédible.

— Nous étions sortis et mon portable n'avait plus de batterie.

— Quelle catastrophe ! Il ne manquait plus que cela. Donc monsieur et madame Postant ne sont pas au courant de notre arrivée prématurée. Nous allons passer pour de grossiers personnages.

Sa voix monte dans les aigus, comme à chaque fois qu'elle panique.

— Du calme, maman. Marc et ses parents sont partis faire les courses. Je vais les prévenir que vous déjeunerez avec nous. Mais pourquoi êtes-vous arrivés si tôt ?

— Si tu avais pris connaissance de mes messages, tu le saurais ! grommelle ma mère. Ton père avait peur des embouteillages. Rouler un 24 décembre, selon lui, c'est de la folie. Alors il a absolument tenu à ce que l'on parte à l'aube.

Comme si l'évocation de son mari lui rappelait son existence, elle se retourne en direction de la rue et s'époumone.

— Alors, Alain, tu viens ? On ne va pas y passer la nuit.

La démarche tranquille, mon père gravit l'allée, encombré d'un monceau de bagages. Valises, sac de voyage, sac Ikea, sac à dos… Malgré son mètre quatre-vingt-cinq, on distingue à peine sa chevelure blanche derrière son volumineux chargement.

— Bonjour papa, dis-je en lui plantant une bise sur la joue.

— Bonjour ma puce. Tu as l'air fatiguée. Tout va bien ?

Je hausse les épaules.

— Je n'ai pas très bien dormi, c'est tout.

Ma mère se penche vers moi et scrute mon visage.

— Cernes, teint brouillé, pores dilatés... Ma chérie, il faut remédier à tout ça, et vite si tu veux garder Marc. Tu as de la chance, ta maman a pensé à tout ! J'ai apporté de quoi te rajeunir de vingt ans.

— Mais...

Elle ne me laisse pas terminer ma phrase.

— Alain, tu vides les bagages. Moi, j'ai une urgence, je dois m'occuper de Camille.

Mon père tente de lui faire entendre raison.

— Enfin Catherine, rien de presse. Pourquoi n'irions-nous pas prendre un café d'abord ?

— Oui ! Excellente idée ! approuvé-je avec enthousiasme à la perspective de pouvoir enfin remplir mon sang de caféine.

Ma génitrice m'ignore et fusille mon père du regard.

— Alain, si tu as envie que ta fille unique se retrouve de nouveau célibataire à quarante ans, c'est que tu es un monstre d'égoïsme. Je ne te laisserai pas gâcher la vie de la prunelle de mes yeux. Cette petite a besoin de l'aide de sa maman pour conserver son fiancé. Le café attendra.

— Nous ne sommes pas fiancés, précisé-je histoire de ne pas laisser le doute s'installer (ma mère peut vite s'emballer et se faire des idées).

— Vous n'êtes pas *encore* fiancés, rectifie-t-elle. Je suis sûre que si tu suis mes conseils durant notre séjour ici, Marc fera sa demande très bientôt. D'ailleurs, as-tu déjà réfléchi à la robe que tu voulais ? Et le lieu ? Mon Dieu, si on veut faire ça au château Saint-Georges cet été, on doit réserver sans tarder. Il faut que je les appelle. Par chance, j'ai tout prévu, j'ai enregistré le numéro.

— Maman !

Peine perdue, elle dégaine son téléphone et nous plante sur le perron. Pendant qu'elle négocie d'une main de fer des tarifs et des disponibilités pour un mariage qui n'existe que dans sa tête, j'entraîne mon père à la cuisine.

Je viens de tremper mes lèvres dans mon cappuccino lorsque ma mère fait irruption dans la pièce, le visage rouge.

— Je suis tombée sur une inculte. J'ai eu beau expliquer à la réceptionniste que mon gendre était un journaliste très célèbre et très influent, elle n'a rien voulu entendre. Soi-disant que tout est complet pour les dix-huit prochains mois. Je suis sûre qu'elle s'est moquée de moi. Ils gardent toujours des dates en réserve pour les VIP. Je vais adresser un courrier de réclamation au directeur.

Je laisse échapper un gloussement. Elle me décoche une œillade glaciale.

— On peut savoir ce qu'il y a de drôle ?

— Marc est certes un peu connu dans le milieu de la presse, mais il est loin d'être « un VIP », comme tu dis. Et ce n'est pas son genre, d'user de son statut pour obtenir des privilèges.

Son expression se radoucit aussitôt.

— Ça ne m'étonne pas. Cela force l'admiration,

qu'un homme aussi brillant que lui reste si humble, commente-t-elle d'une voix de midinette.

Je me mords les joues pour ne pas rire. Depuis qu'elle a fait la connaissance de mon chef, elle est subjuguée. Au point d'avoir déployé (avec succès, il faut bien l'avouer) des trésors d'ingéniosité pour me jeter dans ses bras.

— Raison de plus pour ne pas le laisser filer ! reprend-elle avec un froncement de sourcils désapprobateur. Qu'est-ce que tu fais encore à traîner en peignoir ?

Elle m'arrache des mains ma tasse encore pleine (pourquoi met-elle tant d'acharnement à me priver de ma dose de caféine matinale ?) et malgré mes protestations, me tire par le poignet hors de la cuisine. Une fois dans le hall, elle attrape un sac en cuir marron, sans pour autant relâcher sa prise. Pour son âge, elle a une poigne digne d'un judoka médaillé olympique, ce qui m'interdit toute tentative d'évasion.

— Bien, où se trouve ta chambre ? m'interroge ma ravisseuse.

— Ah, ah ! Je ne dirai pas un mot tant que tu ne m'auras pas laissée terminer mon café.

Je relève le menton d'un air triomphal. La maison fait trois étages et doit comprendre une bonne trentaine de pièces. Elle ne s'en sortira pas sans mon aide. J'ai gagné.

— Pourquoi tiens-tu absolument à briser le cœur de ta pauvre mère ? Des années que j'attends de te voir mariée et que tu me donnes des petits-enfants et maintenant que je touche enfin au but, toi, égoïste que tu es, tu es prête à laisser ton couple sombrer ?

Je soupire.

— Ne dramatise pas. Ce n'est pas parce que Marc va me voir le teint terne et sans maquillage qu'il va prendre ses jambes à son cou.

— Tu te trompes, ma chérie. Pour retenir un homme, il faut lui préparer de bons petits plats et prendre soin de soi. Et le moins que l'on puisse dire, c'est que tu n'excelles pas en cuisine. Alors, tu ne peux pas te permettre de négliger ton apparence !

Ma mère a une conception du couple qui semble dater du XVIIIe siècle. Je m'abstiens de relever que mon père endure depuis quarante ans les mixtures infâmes qu'elle lui sert à tous les repas et que pour autant, je ne l'ai jamais vue compenser en jouant les femmes fatales.

— Maman, tu n'as jamais entendu parler d'un truc qui s'appelle le féminisme ?

— Quoi ? Ces cinglées qui se promènent les seins nus partout ? Tu es devenue exhibitionniste ?

Elle hurle en direction de la cuisine :

— Alain, tu entends ça ? Ta fille a sombré dans la dépravation, c'est une nudiste !

Pour toute réponse, un grognement étouffé fait écho à sa déclaration. Mon père a l'habitude des délires de sa femme. Je tente d'expliquer ma position d'un ton pédagogue.

— Maman, ça, ce sont les Femen. Et elles n'ont rien de cinglées. Cela dit, ce n'est pas d'elles que je parlais. Je voulais simplement te faire comprendre qu'à notre époque, les femmes n'ont plus besoin de passer leur temps dans la cuisine ou à se pomponner. C'est une vision rétrograde. Marc ne va pas me quitter si je lui sers du Picard ou si j'ai mauvaise mine.

Elle croise les bras et me défie du regard.

— Depuis combien de temps suis-je mariée ?

— Heu, quarante ans environ. Pourquoi me demandes-tu ça ?

— Et toi, combien d'histoires d'amour de plus d'un an as-tu connues ?

J'ouvre la bouche et la referme aussitôt. C'est un coup bas. À part Bertrand, mon ex, avec qui j'ai vécu sept ans, et Marc que je fréquente depuis huit mois, ma vie amoureuse ressemble au désert de Gobi. Ma mère ne me laisse pas le temps de trouver une repartie adéquate. Elle lève le pouce et proclame :

— Une seule ! Et elle a duré sept malheureuses années. Alors, ton féminisme ne fait pas le poids face à l'expérience de ta maman. Donc tu vas me faire le plaisir de me conduire jusqu'à ta chambre afin que je remédie au désastre qui te guette !

Je tente de négocier.

— Un café d'abord.

— Hors de question. Si tu n'obtempères pas dans les trois minutes, je te déshérite.

C'est la menace préférée de ma mère. Au rythme où elle la profère, son notaire a déjà dû raturer un nombre incalculable de fois son testament. Ce pauvre homme doit me haïr. Je hausse les épaules d'un air blasé.

— Tu m'as déjà déshéritée la semaine dernière, lorsque j'ai refusé de venir dîner à la maison. Alors je renouvelle ma proposition : je bois une tasse de cappuccino et ensuite je t'accorde vingt minutes pour jouer à l'esthéticienne avec moi.

Note pour plus tard : ne jamais négocier avec les terroristes. Jamais.

— Ah, tu veux jouer à ça ? vocifère ma mère en gesticulant à outrance. Très bien. Alors je te donne trente secondes pour me montrer ta chambre et la salle de bains, dans laquelle nous passerons le temps que j'aurai décidé. Sinon je raconte à Marc ce qui s'est passé le soir de ta première boum !

Mon sang se fige dans mes veines. Je la scrute, cherchant à deviner si elle plaisante. Son visage est congestionné et ses yeux lancent des éclairs. Pas la moindre trace d'humour dans son attitude.

— Tu n'oserais pas !

— Je vais me gêner ! Puisque tu ne veux faire aucun effort pour ton couple, autant que ce pauvre garçon sache toute la vérité sur toi !

— C'est monstrueux !

— La fin justifie les moyens. J'attends. Il te reste dix secondes.

Elle observe sa montre pour me signifier qu'elle ne plaisante pas. Ma mère est diabolique. Elle est capable de mettre sa menace à exécution. Et je n'oserai plus jamais regarder Marc dans les yeux. Car ma première boum est un événement que j'essaye de rayer de ma mémoire. À ma décharge, j'avais quinze ans. Pas un âge où l'on réfléchit beaucoup. J'étais raide dingue amoureuse de Franck Nogueira, le play-boy de ma classe de troisième. Grand, brun, des yeux à faire pâlir de jalousie même Bradley Cooper et un sourire étincelant (enfin, surtout à cause des bagues en métal qui lui entouraient les dents, mais sur lui je trouvais ça viril). Et en plus, il avait une mobylette. La classe à Dallas, quoi. À mon grand désespoir, il ne m'avait jamais accordé la moindre attention. Il faut dire qu'entre mon horrible appareil dentaire et les fringues de nonne dont ma mère garnissait ma penderie, j'étais loin de figurer parmi les pin-up du collège. Alors, lorsque ma copine Emmanuelle Cartier a profité de l'absence de ses parents pour organiser une soirée chez elle, j'y ai vu l'occasion parfaite. J'ai raconté à maman qu'il s'agissait d'une soirée pyjamas entre filles, histoire de ne pas courir le risque qu'elle oppose son véto. Je suis arrivée sur les lieux très en avance. J'avais prévenu Emmanuelle de mon plan. Contrairement à moi, ses « vieux » la laissaient s'habiller comme elle l'entendait : sa garde-robe regorgeait de tenues toutes plus sexy les unes que les autres. Elle a passé l'heure suivante à me relooker. J'ai donc accueilli les invités maquillée comme une voiture volée, moulée dans une robe en stretch rouge et juchée sur une paire d'escarpins. Mon look d'actrice hollywoodienne de série B n'a pas échappé au beau Franck. J'oscillais sur mes talons vertigineux depuis à peine quinze minutes qu'il s'approchait déjà, un verre dans chaque main. J'ai accepté avec un sourire, que j'espérais mystérieux, le gobelet en plastique qu'il me tendait. Ma stratégie avait fonctionné ! Ce que je n'avais pas anticipé, c'était l'alcool. Avec ses potes, ils avaient apporté de quoi enrayer la sécheresse dans le désert du Sahara : vodka, rhum, gin, whisky, bières… La première gorgée du liquide marron m'a arraché une grimace. Il n'y avait pas que du Coca dans cette boisson. À part une coupe de champagne à Noël, je n'avais pas l'habitude de picoler (je me suis bien rattrapée depuis). Néanmoins, je ne voulais pas me ridiculiser devant celui que je voyais déjà comme mon futur mari. Alors j'ai avalé sans broncher tous les cocktails qu'il préparait : whisky-Coca, rhum-orange, vodka-pomme et j'en passe. Résultat, à minuit, j'étais givrée comme un sapin de Noël alors que lui ne s'était toujours pas décidé à m'embrasser. Pourtant, autour de nous, plusieurs couples s'étaient formés et se galochaient avec entrain. À l'entrée du salon, j'ai aperçu Emmanuelle qui discutait avec un garçon que je ne connaissais pas. Comme si elle avait senti mon regard posé sur elle, elle a tourné la tête vers moi et nous a observés, mon prétendant et moi, avachis dans le canapé. Elle a froncé les sourcils et, d'un geste du menton, a désigné Franck en articulant silencieusement « Qu'est-ce que tu attends ? ». Pour illustrer son propos, elle a fait un pas vers son interlocuteur et a pressé sa bouche contre la sienne. Le message était clair. Je devais passer à l'action. L'avantage d'avoir deux grammes d'alcool dans chaque bras, c'est que je me sentais hyper courageuse. Alors, j'ai posé mon verre et je me suis jetée sur ma proie. Dans ma tête, une voix martelait en boucle « Je suis en train d'embrasser Franck Nogueira, je suis en train d'embrasser Franck Nogueira, je suis en train d'embrasser Franck Nogueira… ». Galvanisée par ce message, j'ai mis tout mon enthousiasme dans ce baiser. Trop d'enthousiasme. J'ai oublié mon appareil dentaire. Et le sien. Un bruit métallique suivi d'une tension dans ma bouche m'a interrompue dans mon élan. Lorsque j'ai tenté de reculer, mes lèvres sont restées collées à celles de mon partenaire. Les yeux écarquillés d'horreur, j'ai réalisé que nous étions coincés. Nos bagues étaient enchevêtrées de façon inextricable. Un attroupement s'est formé autour de nous et des rires idiots d'adolescents ont retenti. Mon amie a volé à mon secours mais impossible de nous séparer sans nous arracher les dents. Alors que je me disais que la situation ne pouvait pas être pire, le mélange de mauvais alcools que j'avais ingurgités durant la soirée s'est rappelé à moi. J'ai senti la nausée me gagner et le salon s'est mis à tourner. Mes souvenirs s'arrêtent ici. Le reste, c'est Emmanuelle qui me l'a raconté. Il paraît que j'ai vomi dans la bouche de Franck (j'aurais préféré qu'elle m'épargne cette partie-là du récit) puis que je me suis évanouie. Affolée, elle a appelé le Samu. Ne parvenant pas à décrocher nos appareils dentaires, les ambulanciers nous ont embarqués tous les deux à l'hôpital, tandis que, la mort dans l'âme, Emmanuelle prévenait nos parents respectifs. Lorsque ma mère est arrivée aux urgences, j'étais inconsciente et étendue sur Franck, lui-même allongé sur un brancard, et deux médecins tentaient à coups de pince chirurgicale de couper nos bagues au milieu du vomi. Ajoutez à cela la mini robe rouge ultramoulante, les talons hauts et le maquillage outrancier, et ça vous donnera une idée de l'ampleur de la punition qui a suivi cette mésaventure. Bien entendu, mon amoureux d'un soir ne m'a plus jamais adressé la parole et j'ai été surnommée Vomito pour tout le reste de l'année scolaire.

Bref, ma première boum est un épisode honteux de mon passé que je préférerais oublier. Alors, la perspective que l'homme de ma vie le découvre est hors de question. Plutôt bouffer de la pâtée pour chat jusqu'à la fin de mes jours. Vaincue, je fais signe à ma tortionnaire de me suivre.

— Tu ne l'emporteras pas au paradis, dis-je d'une voix froide alors que je la précède dans l'escalier.

Elle ne prend pas le temps de s'extasier sur le luxe de ma chambre et de sa somptueuse salle de bains privative et m'ordonne de m'asseoir sur le rebord de la baignoire. J'obtempère sans un mot pendant qu'elle fouille dans son barda et en sort le nécessaire pour sauver mon couple.

En moins de temps qu'il n'en faut pour le dire, mon visage est recouvert d'une mixture verdâtre malodorante censée, selon elle, affiner mon grain de peau et refermer mes affreux pores dilatés. Le temps que le produit agisse, elle attaque mes ongles à la lime à ongles. Je ricane.

— Si la manucure était la recette miracle pour garder un homme, ça se saurait !

Sans lever les yeux de sa tâche, elle rétorque d'un ton neutre :

— Le masque pour la peau doit encore agir vingt minutes. Pendant ce temps-là, tu feras des abdominaux, cela fera beaucoup de bien à ta ligne.

— Quoi ? C'est hors de question !

— Je suis sûre que Marc va adorer l'histoire de ta première boum.

Je pousse un soupir bruyant. Niveau machiavélisme, ma mère occupe la première marche du podium.

8

Une heure plus tard, vêtue d'un tailleur gris clair, mes boucles brunes lissées en un brushing parfait et mes pores dilatés planqués sous une épaisse couche de fond de teint (selon ma mère, ma peau était dans un état trop désespéré pour que son soin puisse faire des miracles), je clopine jusqu'à la porte d'entrée pour aider ma belle-famille et mon chéri à vider les courses. Je pousse un couinement plaintif lorsque je descends les trois marches du perron. Une séquelle du programme de remise en forme que ma génitrice m'a infligé : après les abdominaux, elle m'a obligée à faire des squats. Cette femme est un monstre. Marc remonte l'allée, les bras chargés de victuailles. Il hausse les sourcils en m'apercevant.

— C'est normal que tu sois déguisée en femme d'affaires à onze heures du matin ?

— Ma mère.

Je n'ai pas besoin d'en dire plus pour qu'il comprenne. Sa réputation la précède. Il éclate d'un rire gai qui fait pétiller ses yeux noisette.

— Remarque, je ne me plains pas. Tu es très sexy comme ça.

Je rougis sous le compliment. Il se contorsionne pour m'embrasser malgré les sacs de courses qui l'encombrent. Finalement, ma chère maman n'avait peut-être pas tort.

Brigitte et Edmond nous rejoignent à la cuisine.

— Alors, Camille, où sont vos parents ?

— Dans leur chambre, en train de vider leurs valises.

— Vous les avez bien installés au premier étage, dans la chambre bleue, comme je vous l'ai indiqué au téléphone ? Les autres pièces sont beaucoup moins confortables. Je ne voudrais pas qu'ils pensent que nous ne savons pas recevoir.

Je la rassure avec un sourire.

— Ne vous inquiétez pas. La chambre bleue est superbe et ma mère a adoré vos doubles-rideaux en velours.

Le visage de ma belle-mère se détend.

— Très bien. Il ne me reste plus qu'à préparer un bon repas pour que tout soit parfait pour leur arrivée.

Elle s'interrompt en entendant des pas résonner dans l'escalier.

— Justement les voilà.

Elle raccroche une mèche de cheveux imaginaire à son chignon et lisse sa jupe du plat de la main, puis sort de la cuisine en trombe, comme si la reine d'Angleterre se trouvait dans la pièce à côté.

Je fais les présentations d'usage. Brigitte et ma mère se confondent en flatteries. *Quelle superbe tenue ! Votre maison est splendide ! Quelle élégance ! Comment faites-vous pour paraître si jeune !* De leur côté, mon père et Edmond discutent voiture, mécanique et trafic routier. Nos familles respectives sont un vrai cliché, mais l'essentiel est qu'elles parviennent à s'apprécier.

Même à six, nous avons du mal à remplir l'imposante table en chêne massif de la salle à manger. Mes parents et moi sommes installés d'un côté et Marc et les siens de l'autre. Brigitte nous a concocté des lasagnes de foie gras de canard aux cèpes et le fumet qui s'élève du plat émoustille mes papilles gustatives. Mon père, quant à lui, ouvre des yeux ronds comme des soucoupes. Incrédule, il plonge sa fourchette dans son assiette et la porte à sa bouche. Pendant qu'il mâche, il ferme les paupières pour savourer l'instant.

— Hum, c'est exquis, Brigitte. C'est vous qui avez préparé ce chef-d'œuvre ?

Ma belle-mère baisse le regard d'un air modeste.

— Ce n'est rien, vous savez. Il suffit de suivre la recette.

Il glousse de son rire profond et grave.

— Ma femme ne doit pas savoir lire, alors, car même avec des tonnes de bouquins de cuisine, elle n'a jamais rien réussi qui ressemble à ça.

Ma mère lui jette une œillade courroucée. Elle réplique d'une voix pincée.

— Enfin, Alain, tu as la mémoire courte. Mes plats sont excellents. Tiens, le bœuf bourguignon que je nous ai mitonné la semaine dernière, il n'était pas sublime, peut-être ?

Mon père passe une main dans sa tignasse blanche.

— Heu, eh bien, c'est-à-dire que je ne me souviens plus trop…

Le visage de sa femme se congestionne. Il plonge le nez dans son assiette. Face à l'abandon de son mari, elle se tourne vers moi, l'air outré.

— Camille, tu étais là. Rappelle à ton père le succulent dîner que je nous ai préparé.

Mon estomac s'en souvient parfaitement. Il s'est tordu de douleur toute la nuit. Je suis passée à deux doigts d'appeler SOS Médecins. Mais j'ai le sentiment que ce n'est pas ce genre de récit qu'attend ma génitrice. Je joue avec mes manches pour gagner du temps. Trop tard. Les joues écarlates d'indignation, elle s'emporte.

— Bon, puisque personne ne semble avoir le moindre souvenir de ce bœuf bourguignon, le moins que je puisse faire, c'est d'en préparer un demain midi. Comme ça, vous pourrez goûter ma cuisine, ajoute-t-elle à l'attention de mes beaux-parents.

— Noooon !

Mon hurlement est sorti tout seul. La perspective de m'empoisonner à nouveau avec les préparations immondes de ma mère a eu raison de mon sang-froid. Surtout que cela me priverait de la cuisine de cordon-bleu de Brigitte. Cinq paires d'yeux se tournent vers moi.

Trouve un truc, Camille !

— Ton bœuf bourguignon était incroyable, maman, mais ce n'est pas du tout un plat de Noël.

— Alors, peut-être que je pourrais vous faire ma fameuse dinde farcie aux marrons ?

La dinde au béton, oui. L'année dernière, j'ai failli me péter une dent avec cette volaille diabolique. Hors de question de remettre ça. Pas le choix, je dois faire diversion.

— Au fait, je ne vous ai pas dit. J'ai passé la soirée au poste de police.

Ma mère me dévisage, la bouche arrondie de stupeur.

— Qu'as-tu dit ?

— J'ai passé la soirée au poste de police.

Son visage devient blême. Même mon père semble avoir avalé de travers sous le coup de la nouvelle. Il tousse pour tenter de reprendre sa respiration. Je suis peut-être allée trop loin dans la diversion. Je tente d'atténuer le choc.

— Ce n'était qu'un simple malentendu. Qui veut des lasagnes ?

Je me lève et attrape la cuillère pour me resservir. La voix coupante de ma mère m'arrête dans mon élan.

— Camille, Jeanne, Sandrine Joubert ! Assieds-toi immédiatement !

Aïe, quand elle m'appelle par mes trois prénoms, ça ne promet rien de bon. En face de moi, Marc observe la scène d'un air amusé. Il connaît par cœur nos chamailleries familiales. Ses parents, en revanche, nous contemplent comme si nous étions des extraterrestres débarqués de leur vaisseau spatial.

— Pourquoi diable la police t'a-t-elle arrêtée ? poursuit ma mère, sans se soucier du spectacle que nous offrons à nos hôtes.

— Heu… pour tentative d'empoisonnement ?

Le bruit de la fourchette de mon père heurtant son assiette emplit la pièce.

— Pou… pou… pour empoisonnement ? répète ma génitrice en bégayant.

Je lève les mains en signe d'apaisement.

— Oui, enfin, ce n'est rien du tout. Ils ont juste cru que j'avais versé du cyanure dans le verre de ce vieux monsieur. Une regrettable méprise. Rien de plus.

J'esquisse un sourire forcé qui, je l'espère, dédramatisera la situation. Raté. Ma mère se dresse sur ses jambes et attrape son mari par le bras.

— Alain, va faire les valises. Nous devons fuir en Ouzbékistan. Ta fille est poursuivie par Interpol. Hors de question que la chair de ma chair croupisse en prison.

— Enfin, maman, je n'irai pas en prison puisque je n'ai empoisonné personne !

— Tais-toi malheureuse ! Tout ce que tu diras pourra être retenu contre toi !

Je laisse échapper un soupir. Elle a trop regardé *Les Experts.*

Qu'est-ce qui m'a pris, de leur raconter ça ?

Elle tente d'entraîner mon père à l'étage, sans doute pour préparer notre évasion, lorsque le carillon de la porte d'entrée retentit dans le vestibule et la fige dans son mouvement. Elle reste debout, la main suspendue en l'air, comme si elle avait été transformée en statue de pierre. Dix secondes s'écoulent sans que personne ne souffle mot.

Allons, Camille, c'est n'importe quoi. Arrête de flipper !

Je me raisonne. Des coïncidences comme cela ne surviennent qu'au cinéma. Pas dans la vraie vie. Dans la vraie vie, ce sont juste des témoins de Jéhovah qui font du porte à porte. Ou le facteur qui vient présenter ses vœux. Pas la police. Néanmoins, je devine au silence pesant qui enveloppe l'atmosphère que mes congénères partagent ma crainte. Je jette un coup d'œil à Marc. Les muscles de sa mâchoire sont crispés, signe chez lui de nervosité.

Le bruit de la sonnette emplit de nouveau la pièce. Tout d'un coup, ce tintement me paraît lugubre et me glace le sang.

— Qui peut bien venir un 24 décembre en plein milieu du déjeuner ? demande Brigitte.

Bien qu'elle tente d'adopter un ton décontracté, sa voix manque de naturel. Elle se lève et sort de la pièce d'une démarche d'automate. Je regrette de ne pas être assise à côté de mon chéri. Je meurs d'envie de couler ma main dans la sienne pour me rassurer. Dans ma tête, histoire de conjurer le sort, je martèle comme un mantra « ce n'est pas la police, ce n'est pas la police, ce n'est pas la police ».

La porte en chêne de la salle à manger s'ouvre enfin sur Brigitte et notre visiteur. Un crâne chauve. Des sourcils en broussaille. Un pull bleu marine rayé de blanc. Mes espoirs s'envolent. La lourde silhouette de Merlot pénètre dans notre intimité familiale, avec, sur ses talons, un jeune gendarme au visage juvénile couvert d'acné.

Les yeux noirs et froids de l'adjudant se vrillent aux miens. Les poils de ma nuque se hérissent. Le cœur battant, je soutiens son regard, même si au fond de moi, je n'en mène pas large. Nous nous dévisageons, tels deux ennemis prêts à en découdre. Enfin, il déclare de ce ton officiel qu'adoptent les forces de l'ordre dans les films policiers :

— Mademoiselle Joubert, je vais vous demander de me suivre, s'il vous plaît.

— Pourquoi ? Que me voulez-vous encore ?

Je prends mon air revêche pour masquer la frousse qu'il m'inspire. Ses sourcils drus se rapprochent en une expression contrariée.

— Fernand Guichard est décédé dans la nuit. Les analyses toxicologiques ont révélé la présence d'une forte quantité de cyanure de potassium dans son sang. En d'autres termes, il a été empoisonné.

Toute chaleur quitte instantanément mon organisme. Je suis glacée jusqu'aux os. Je repense au vieux monsieur au regard vif avec qui j'avais trinqué la veille et me cœur se serre à la pensée qu'il soit mort.

— Qu'est-ce que cela a à voir avec Camille ?

Marc s'est levé et, le corps tendu sous sa chemise grise, fait face aux deux gendarmes.

— Vous le savez très bien, marmonne Régis Merlot d'un ton désagréable. Elle a été vue en train de manipuler le verre de la victime.

— Elle vous a déjà expliqué hier ce qui s'était passé. Elle a juste apporté des coupes de champagne, bon sang !

Son visage est rouge de colère. Je ne l'ai jamais vu si énervé. En revanche, l'adjudant reste imperturbable.

— Ses explications ne nous ont pas convaincus. Compte tenu du décès de la victime, j'ai décidé de placer mademoiselle Joubert en garde à vue pour homicide volontaire sur la personne de Fernand Guichard.

Le décor autour de moi se met à vaciller. J'ai l'impression d'être au milieu d'un épais brouillard. Mes oreilles bourdonnent. Je distingue à peine les hurlements de Marc et les pleurs de ma mère. Je crois qu'on me lit mes droits, comme dans un roman policier. Il est question d'avocat, de médecin, de garder le silence. Je n'entends que des bribes de mots. Tout cela est un cauchemar dont je vais bientôt me réveiller, les yeux engourdis de sommeil. Comme un automate, j'obéis docilement aux forces de l'ordre et les suis jusqu'à leur voiture bleue, sous les regards impuissants de mes proches. Avant que la portière ne se referme sur moi, Marc me crie quelque chose et les mots se perdent dans la brume qui enveloppe mon cerveau.

9

Le mince matelas gris peine à m'isoler du froid qui émane du banc en ciment. Pour passer le temps, je compte les carreaux de carrelage jaunâtre composant le sol de ma cellule. J'en suis à mille quatre cent trois, mais j'ai dû en rater quelques-uns. Je moisis ici depuis presque deux heures. À peine arrivée à la gendarmerie, on m'a enfermée dans cette geôle de neuf mètres carrés. Et depuis, personne ne s'est occupé de moi. Je ne sais pas combien de temps je vais réussir à tenir. Je meurs de soif et ma vessie est sur le point d'exploser (je sais, c'est contradictoire : le stress détraque mon organisme). J'ai bien essayé de me manifester pour attirer l'attention. Mauvaise idée. Ma tentative s'est soldée par une engueulade en règle de la part d'un gendarme à l'air si patibulaire qu'on aurait cru une erreur de casting. Ce type était fait pour jouer les criminels, pas les flics. Terrorisée à l'idée qu'il revienne me passer un savon, je prends mon mal en patience. Plus les minutes défilent, plus mon angoisse augmente. J'ai si mal au ventre que je suis persuadée que la crise d'appendicite aiguë me guette. À ce rythme-là, je vais finir par avouer le meurtre de Kennedy juste pour pouvoir déguerpir d'ici.

Enfin, un grand type blond, que j'ai déjà aperçu lors de ma première visite, déverrouille la porte et m'ordonne de le suivre. Je lui emboîte le pas dans le couloir lugubre à l'éclairage blafard. Je m'attends à ce qu'il me conduise dans la salle principale, où sont disposés les bureaux, et suis surprise lorsque nous pénétrons dans une pièce sans fenêtre, garnie d'une simple table en bois autour de laquelle sont disposées deux chaises. En guise d'éclairage, une ampoule se balance au bout d'un fil électrique et projette une lumière jaune sur les murs à l'antique peinture grisâtre et écaillée. Je devine qu'il s'agit du lieu réservé aux interrogatoires et cette pensée me fait frissonner. Je prends place sur le siège que me désigne mon accompagnateur. Il m'annonce que son chef va bientôt arriver et je me retrouve seule une nouvelle fois. L'atmosphère ambiante me donne le sentiment d'être une criminelle aguerrie que les flics s'apprêtent à cuisiner. D'une minute à l'autre, je m'attends à voir débarquer Jack Bauer[1], qui va me tirer une balle dans la cuisse pour le bien de l'humanité. Lorsque la porte s'ouvre, je suis presque soulagée de découvrir la silhouette trapue de l'adjudant Merlot. Il s'installe face à moi, son crâne chauve luisant malgré la faible luminosité et, sans s'encombrer de politesse, m'ordonne de lui raconter la soirée d'hier. J'ouvre la bouche pour m'exécuter, puis la referme, frappée par une révélation.

— Je ne devrais pas être assistée d'un avocat ?

Ses sourcils se froncent, donnant l'impression qu'une énorme chenille velue lui parcourt le front.

— En avez-vous contacté un ?

1. Héros de la série *24 Heures chrono* et agent de la Cellule antiterroriste, qui emploie parfois des méthodes musclées pour obtenir des aveux.

— Heu, non.

— Alors, comment espérez-vous qu'un tel miracle se produise ? Vous croyez qu'un avocat va se matérialiser à vos côtés comme par magie ?

Je pince les lèvres en me maudissant de n'avoir pas songé à ce détail plus tôt. La scène de mon arrestation est floue dans mon souvenir. J'ai occulté cet épisode douloureux de ma mémoire. Je me rappelle néanmoins que l'on m'a lu mes droits et qu'il était question de pouvoir appeler un avocat.

— Je peux peut-être en prévenir un maintenant ?

— Si vous le souhaitez, c'est votre droit. Vous connaissez un avocat dans la région ?

Je secoue la tête, dépitée.

— Je peux en avoir un commis d'office, suggéré-je avec un regain d'espoir.

— En effet. Je vais demander à mes collègues de s'en occuper.

Il se lève et sort de la pièce un instant, pour transmettre ma requête. À son retour, il m'adresse un sourire mauvais.

— Nous avons fait le nécessaire. Toutefois, un 24 décembre, je crains que vous n'ayez à patienter de longues heures avant l'hypothétique arrivée d'un avocat commis d'office. Enfin, si vous préférez attendre, je demande à mon collègue de vous raccompagner à votre cellule.

Je soupire. Je suis piégée. Si je veux être assistée d'un professionnel du droit, je risque de fêter le réveillon enfermée dans un cachot de neuf mètres carrés. C'est le premier Noël que je célèbre avec Marc et c'est aussi la première fois que nos deux familles passeront une soirée ensemble. Hors de question que je rate cela. Je me résigne donc à commencer l'interrogatoire, en espérant ne pas commettre d'impair. Et peut-être que j'aurais la chance qu'un avocat me rejoigne en cours de route ?

Pendant que je détaille, pour la seconde fois en deux jours, le déroulé des événements de la veille, Merlot griffonne des notes illisibles au stylo sur son bloc. Lorsque j'arrive au bout de mon récit, il relève la tête vers moi et plante ses yeux d'un noir sans éclat dans les miens.

— Parlez-moi de la scène du bar.

— Je vous ai déjà expliqué comment ça s'était passé. Le serveur a rempli sept coupes. Lucie a proposé d'en porter quatre. Pour ma part, je ne me sentais pas capable d'en transporter plus que deux. Elle s'est donc absentée, pour récupérer un plateau.

— Combien de temps cela lui a-t-il pris ?

Je fouille dans ma mémoire.

— Deux ou trois minutes, je dirais.

— Et ensuite ?

— Ensuite elle est partie devant avec ses boissons. Je l'ai suivie, mais j'étais beaucoup moins rapide qu'elle.

Il attrape une feuille imprimée, posée devant lui, et en lit un extrait.

— Selon les déclarations de mademoiselle Tranoy, vous avez mis presque cinq minutes à les rejoindre. Cela nous a d'ailleurs été confirmé par les autres témoins.

Je hausse les épaules.

— Peut-être, je n'ai pas chronométré. Contrairement à Lucie, je n'ai jamais été serveuse. Traverser une salle bondée avec une flûte de champagne dans chaque main était un exercice périlleux et je ne voulais pas prendre le risque de renverser.

Il noircit de nouveau son bloc-notes de pattes de mouche indéchiffrables. Ne pas savoir ce qu'il écrit exacerbe mon anxiété. J'essuie mes paumes moites sur mon pantalon.

— Donc, si je comprends bien, vous êtes restée seule avec les verres à deux reprises : une fois pendant deux ou trois minutes au bar et la seconde fois durant le trajet pour rejoindre votre groupe. C'est bien ça ?

— En effet.

— Vous aviez par conséquent deux occasions pour déverser du cyanure dans l'un d'eux.

— Objection ! La remarque est incriminante !

Je frappe du poing contre la table pour accompagner cette exclamation. Mon interlocuteur me fusille du regard.

— Nous ne sommes pas au tribunal, ici. Vous ne pouvez pas objecter à mes questions.

— Justement, ce n'était pas une question mais une affirmation. Vous menez cet interrogatoire comme si vous aviez déjà décidé que j'étais coupable. Je croyais que vous étiez tenus à une obligation de neutralité !

L'adjudant se penche vers moi, me dévoilant la pointe de son crâne chauve, et sa bouche se tord en un affreux rictus.

— Mademoiselle Joubert, compte tenu des nombreux éléments qui vous incriminent, je vous suggère de faire profil bas si vous ne voulez pas que je vous coffre pour vingt-quatre heures comme la loi m'y autorise.

La moutarde me monte au nez. Non content d'essayer de me piéger avec ses allégations calomnieuses, voilà que maintenant, il me menace.

— Les nombreux éléments qui m'incriminent ?

J'adopte mon ton le plus sarcastique et mime des guillemets avec mes doigts. Le visage de Merlot se congestionne sous l'effet de la colère. Il ouvre la bouche pour répliquer mais je suis plus rapide que lui.

— Tout ce que vous avez contre moi, c'est trois malheureuses minutes où je suis restée seule avec les verres. À part ça, vous n'avez rien. Aucune preuve tangible, aucun mobile, rien. Et le serveur qui nous a servi les coupes, vous l'avez interrogé ? Et votre témoin, Lucie, vous avez enquêté sur elle ? Après tout, elle aussi a approché les boissons de près. Pourquoi ce ne serait pas elle, la coupable ?

Je m'appuie contre le dossier de ma chaise et croise les bras, satisfaite de mon plaidoyer digne d'un ténor du barreau. La tronche du gendarme a viré au cramoisi. Des veines bleues pulsent sur son cou de taureau. Il appuie ses mains sur la table et se dresse d'un mouvement brusque.

— Pour qui vous prenez-vous ? Ce n'est pas vous qui allez m'apprendre mon travail ! Le serveur n'avait aucune possibilité de savoir à qui était destiné le verre. Quant à mademoiselle Tranoy, c'est une citoyenne respectable de ce village. Elle passe de longues heures à la maison de retraite à s'occuper de ses pensionnaires. Contrairement à vous, elle n'a pas de mobile. Car, oui, nous avons un mobile contre vous. Vous êtes une sale arriviste de journaliste qui cherche la notoriété à tout prix. Alors vous avez décidé d'assassiner un malheureux vieillard pour vous fournir un scoop !

Je ricane de façon moqueuse. Pourtant, je sais que je devrais la fermer et calmer le jeu. Mais ce type est un sombre crétin. Et je ne peux pas blairer les crétins. Alors, tant pis pour les conséquences, je me lâche.

— Laissez-moi deviner. C'est votre chère mademoiselle Tranoy qui vous a soufflé ce mobile bidon. Parce que vous êtes bien trop stupide pour imaginer un truc aussi tordu tout seul. Franchement, plus je vous regarde, plus je me dis que vous êtes la preuve que la réincarnation existe. Ce n'est pas possible de devenir aussi con en une seule vie !

— Ça suffit !

Il hurle si fort que sa voix résonne contre les murs jaunis de la pièce. Je m'attends presque à voir des bouts de plâtre s'en détacher.

— Je vais vous faire payer votre insolence ! poursuit-il d'une voix qui s'étrangle de rage. Vous allez passer votre réveillon et votre journée de Noël enfermée dans une cellule ! Et comptez sur moi pour laisser des consignes strictes à mes collègues de permanence concernant le traitement qui vous sera réservé. Je crains que leur mémoire ne leur joue des tours et qu'ils n'oublient de vous apporter de l'eau et de la nourriture.

Il éclate d'un rire malveillant qui me glace le sang. Ce type est cinglé. S'il n'était pas vêtu d'un uniforme de la gendarmerie nationale, je dirais que c'est un psychopathe. Je suis certaine qu'enfant, il arrachait les ailes des mouches et torturait les animaux. Je frissonne à l'idée du sort qui m'attend. Pourtant, je ne regrette pas mes propos. Il est hors de question de me laisser accuser injustement de la sorte. Il y a quelque chose qui ne tourne pas rond dans cette enquête, j'en mettrais ma main à couper. Et je ne compte pas servir de bouc émissaire au vrai coupable.

Merlot fait le tour de la table, m'attrape sans ménagement par le bras et me traîne vers la sortie. J'hésite un instant à me débattre pour tenter de m'échapper (peut-être que mes parents ont finalisé leur plan de fuite en Ouzbékistan ?) lorsque la porte s'ouvre à la volée, coupant mon tortionnaire dans son élan.

— Qu'est-ce qui se passe ici ?

Médusée, je contemple Yoann qui se tient sur le seuil de la pièce, l'allure imposante dans son costume anthracite.

Qu'est-ce qu'il fait ici ?

Sous l'effet de la stupeur, la mâchoire de Merlot manque de se décrocher. Il cligne des yeux, comme pour s'assurer qu'il n'est pas victime d'une hallucination.

— J'ose espérer, adjudant, que vous n'étiez pas en train de malmener ma cliente alors que vous avez déjà transgressé les règles en débutant son interrogatoire sans la présence de son avocat.

La connexion se fait enfin dans mon cerveau. L'ami d'enfance de Marc a suivi des études de droit et exerçait au barreau de Marseille avant de reprendre le bar de ses parents. À la lumière de cette révélation, la brume qui entourait mes souvenirs se dissipe et les paroles prononcées par mon conjoint, avant que je ne disparaisse dans le véhicule de police, me reviennent enfin. « Ne t'inquiète pas, je préviens Yoann, il va te sortir de là. » J'esquisse un sourire. Je vis avec un homme exceptionnel.

— Son… son avocat ? bredouille le gendarme, l'air incertain.

Il ne semble pas apprécier autant que moi l'apparition surprise d'un homme de loi dans ses locaux.

— Oui, son avocat, confirme ce dernier d'un ton sévère. Alors, vous allez me faire le plaisir de lâcher le bras de ma cliente, de lui présenter des excuses pour l'avoir importunée une veille de Noël et peut-être que, si je suis indulgent, je ne vous poursuivrai pas pour violation des droits de la défense.

— Pas si vite ! Votre cliente est soupçonnée d'homicide volontaire sur la personne de Fernand Guichard, réplique Merlot qui semble avoir retrouvé ses esprits. J'ai décidé de la placer en garde à vue et je peux l'y maintenir pendant encore plus de vingt heures si cela me chante !

Yoann part d'un éclat de rire moqueur.

— Allons, allons, soyons sérieux ! Vous regardez trop les films américains, mon vieux. Replongez-vous dans le Code de procédure pénale. Ce n'est pas parce que vous êtes officier de police judiciaire que vous pouvez placer les gens en garde à vue comme bon vous chante. Il vous faut des éléments tangibles, des indices sérieux permettant de soupçonner une personne d'un crime. Et en l'espèce, qu'avez-vous contre ma cliente ?

Il s'interrompt et me désigne d'un geste théâtral, avant de poursuivre.

— Rien ! Vous n'avez aucune preuve, aucun indice matériel.

— Nous avons un témoin visuel ! l'interrompt l'adjudant, le visage cramoisi tant il est hors de lui.

Mon sauveur secoue la tête de gauche à droite pour mimer l'incrédulité, ce qui ne fait que décupler la colère du flic, dont les joues sont si gonflées d'indignation qu'on dirait qu'elles vont exploser.

— Vous parlez de Lucie ? Elle n'a rien vu du tout et vous le savez pertinemment. Son témoignage ne tiendra pas deux minutes face au procureur de la République. Et comptez sur moi pour déposer un recours dès que j'aurai passé la porte de vos locaux sordides, si vous ne relâchez pas ma cliente dans les plus brefs délais.

À la mention du procureur, les traits de Merlot se crispent. Il lève les mains en signe d'apaisement.

— Pas la peine de s'énerver, Yoann.

— Pour vous, c'est maître Veilleux.

Le gendarme encaisse l'affront, bien que le tic nerveux qui soulève la commissure de ses lèvres trahisse son exaspération. Il reprend d'une voix qui se veut amicale.

— Gardez votre calme, maître, je vous en prie. La gendarmerie de Vazalot a à cœur de respecter les droits des citoyens et de se conformer à la loi. Nous allons faire toute la lumière sur cette affaire et bien entendu, si nous ne découvrons aucun élément à charge contre mademoiselle Joubert, elle sera blanchie.

— Bon courage pour dénicher des éléments à charge, vu que je suis innocente ! dis-je avec une pointe de moquerie.

Merlot me fusille de ses yeux noirs et froids mais n'ose pas riposter.

— Bien, maintenant, si vous n'avez plus rien à ajouter, je raccompagne ma cliente chez elle.

Yoann m'attrape par l'épaule et se dirige vers la sortie.

— Pas si vite ! Elle doit signer le procès-verbal de l'audition avant de pouvoir quitter la brigade.

— Le procès-verbal de l'audition que vous avez commencée sans la présence de son avocat, en violation flagrante de l'article 63-1 du Code de procédure pénale ? Vous plaisantez, je suppose ?

— Bien sûr, ah ah. C'est qu'on a de l'humour dans les forces de gendarmerie.

L'adjudant n'en mène pas large. Il ne reste plus grand-chose de l'homme arrogant, désagréable et sûr de lui à qui j'ai eu affaire plus tôt. Mon compagnon lui jette un dernier regard d'avertissement et tourne les talons en m'entraînant à sa suite.

10

— Je te raccompagne ? me propose Yoann, en désignant l'énorme Mercedes garée sur le parking de la gendarmerie, vestige de son ancien train de vie de juriste.

— Je crois que j'ai besoin d'un remontant d'abord. Une bière dans ton bar, ce serait envisageable ?

Je lui adresse un regard suppliant de chaton affamé. Il rit et me donne une bourrade amicale, comme si nous étions deux vieux potes et non un avocat avec sa cliente.

— Bien sûr ! Allez viens !

Tandis qu'il déverrouille d'un bip les portières de son véhicule, j'en profite pour le remercier de m'avoir sauvée des griffes de l'affreux Régis Merlot. Nous discutons pendant le trajet de ses talents d'homme de loi et de la carrière qu'il a abandonnée. Bien que le commerce de ses parents ne leur procure pas des revenus aussi confortables qu'auparavant, il m'explique ne pas regretter son choix. Leur existence est plus douce à Vazalot qu'à Marseille. Il a enfin le temps de voir grandir ses enfants, il s'est remis au sport, il a retrouvé ses amis d'enfance. Bref, c'est un homme nouveau qui a remplacé le Marseillais stressé, aigri, anxieux et au bord du burn-out qui exerçait le droit chez Bauman et associés. Et Émilie est ravie d'avoir retrouvé un mari enfin présent. Sa carrière d'instructrice ne lui manque pas, d'autant qu'elle a gardé un lien avec sa précédente activité en donnant des cours particuliers aux élèves en difficultés du village.

Un 24 décembre après-midi, le Café de la Place est désert. Le lieu a conservé le charme des bistrots d'autrefois : murs en pierres apparentes, poutres au plafond, bar en bois sombre aux étagères garnies de bouteilles d'alcool bigarrées. Derrière le comptoir, Émilie est plongée dans le dernier roman de Harlan Coben. En nous voyant passer la porte, elle abandonne sa lecture pour venir m'embrasser.

— Ça s'est bien passé ? demande-t-elle à son mari

— Sans problème. Régis est con, mais pas au point de risquer sa carrière. Il a suffi de lui rappeler les textes de loi et il est redevenu doux comme un agneau. J'ai ramené Camille pour qu'elle décompresse avant de retrouver sa famille.

Il ajoute, face à la ride soucieuse qui barre le front de son épouse.

— Elle a prévenu Marc, il ne s'inquiétera pas. Je vous laisse entre filles, j'ai encore des cadeaux à emballer.

Il pose un baiser sur le front de son épouse avant de disparaître au volant de sa voiture de luxe. Leur complicité et la façon dont ils paraissent lire dans les pensées de l'autre me sidèrent. Arriverai-je un jour au même niveau de connivence avec Marc ? Émilie pose sur moi ses yeux gris.

— Qu'est-ce que tu veux boire ?

— Une bière pression, ce serait parfait.

— Stella ?

J'opine d'un hochement de tête et m'installe sur un tabouret de l'autre côté du bar. Elle remplit deux pintes, en inclinant les verres sous la tireuse d'une main experte afin d'éviter la mousse. Je trempe mes lèvres dans le breuvage pétillant et avale une gorgée avec avidité. Je pousse un soupir de soulagement. J'ai presque l'impression d'entendre mes muscles faire de même lorsqu'ils se détendent enfin après le stress qu'ils ont subi. Le cauchemar est terminé. Tout au moins pour l'instant. Je ne me fais guère d'illusion sur la suite des événements. Merlot n'est pas le genre d'homme à renoncer si facilement. Pour une raison que j'ignore, il semble me haïr au point d'être prêt à tout pour me faire inculper. Le vrai coupable doit se frotter les mains. Quelle aubaine pour lui que je me sois trouvée là, avec les coupes de champagne ! Je fais une suspecte idéale, pendant que lui a tout loisir de supprimer les preuves qui l'incriminent, les gendarmes étant trop occupés à me pourrir la vie pour l'inquiéter le moins du monde.

— Tout va bien ? s'alarme Émilie face à ma mine sombre.

Je fais tourner mon verre sur le bar. Je meurs d'envie de me confier, d'autant que la jeune femme m'a d'emblée paru sympathique, mais je la connais à peine et j'ignore si je peux lui faire confiance. Elle pose une main chaude sur la mienne.

— J'imagine que tu dois être bouleversée par ce que tu viens de subir.

La douceur et la sincérité de sa voix dissipent mes derniers doutes.

— Je suis préoccupée par la tournure que prend cette affaire. L'adjudant Merlot se montre si convaincu de ma culpabilité que je crains qu'il ne se donne pas la peine de mener l'enquête. Tout ce qui l'intéresse, c'est de me coller le meurtre sur le dos. Je ne pige pas pourquoi il s'acharne sur moi comme ça !

Je baisse la tête, abattue par mes propres constatations.

— Ne cherche pas, c'est parce que Lucie ne peut pas te blairer.

Je relève les yeux et la fixe sans comprendre.

— Quel rapport avec cette pouff... heu, fille ?

Mon interlocutrice ne se formalise pas de mon dérapage verbal. Au contraire, le coin de sa lèvre se soulève en une moue amusée.

— Je vois que je ne t'apprends rien concernant ses sentiments pour toi.

J'opine du chef.

— Il faudrait que je sois aveugle pour ne pas remarquer qu'elle m'apprécie autant qu'un panaris au gros orteil. Je suis sûre qu'elle brûle des poupées vaudoues à mon effigie les soirs de pleine lune, en récitant des incantations maléfiques.

Cette fois-ci, Émilie rit plus franchement, dévoilant des dents aussi éclatantes qu'irrégulières.

— C'est bien résumé. Elle te voue une haine farouche depuis qu'elle a découvert ton existence il y a deux jours. Il faut dire qu'elle attendait l'arrivée de Marc avec impatience. Pendant des semaines, elle a soûlé les habitués du bar : elle ne parlait plus que de lui, de leurs aventures d'enfances, des anecdotes de leurs années d'étudiants... Il ne faisait guère de doute qu'elle avait toujours le béguin pour lui et avait prévu de lui remettre le grappin dessus. Elle ignorait, comme tout le monde d'ailleurs, que Marc s'était remis en couple, puisque tes beaux-parents n'avaient jamais révélé l'information. Alors, quand elle t'a vue débarquer, ça a été la douche froide.

Je ne peux m'empêcher de ressentir une pointe de satisfaction à la pensée d'avoir gâché les plans de cette horrible bonne femme. Bien fait pour cette sale peste ! Néanmoins, je ne vois toujours pas le rapport entre le discours d'Émilie et l'attitude du responsable de la gendarmerie de Vazalot à mon égard.

— OK, Lucie me déteste. Mais quel lien avec l'adjudant Merlot qui s'acharne sur moi ?

— Bah c'est son cousin !

Sous l'effet de la surprise, j'avale de travers la bière que j'ai dans la bouche. Je déglutis avec difficulté et tousse pour tenter d'expulser le liquide qui a fait fausse route vers mes poumons. Après avoir expectoré pendant une bonne minute, sous le regard inquiet d'Émilie qui se demande si elle doit envisager d'appeler les secours pour me venir en aide, je reprends enfin mon souffle.

— Vu que tu viens de frôler la mort par asphyxie, j'en déduis que tu n'étais pas au courant. À la réflexion, ce n'est pas étonnant. Merlot a été muté à Vazalot il y a moins d'un an. Marc ne doit pas connaître son lien de parenté avec Lucie, d'autant que Brigitte et Edmond ne sont pas du genre à colporter des ragots de voisinage.

J'acquiesce à sa remarque. C'est vrai que les époux Postant sont trop bien éduqués et discrets pour répandre des potins, fussent-ils avérés. Toutefois, un détail me turlupine encore.

— Pendant l'interrogatoire, Merlot lui donnait du

« mademoiselle Tranoy » et la vouvoyait. Pourquoi agit-il comme s'ils étaient de parfaits inconnus ?

— Je suppose que dans l'exercice de ses fonctions, il doit conserver une attitude réservée.

Je médite un instant cette explication, avant d'interroger à nouveau mon interlocutrice.

— Alors, tu penses que Lucie aurait fait part de l'antipathie qu'elle me porte à son cousin ?

Émilie hausse les épaules.

— C'est juste une supposition. Régis adore sa cousine. Ses parents sont morts quand il était jeune et c'est sa grand-mère qui l'a élevé. Comme Lucie passait toutes ses vacances chez sa mamie, ils sont devenus très proches. Elle est la sœur qu'il n'a jamais eue, et vice et versa.

— Je croyais que sa grand-mère, c'était Simone et qu'elle habitait le village ?

— Simone est sa grand-mère maternelle. Là, je fais allusion à la branche paternelle de sa famille.

Je bois une longue gorgée de ma pinte pour me donner le temps de réfléchir à ce que je viens d'apprendre. L'ex de Marc me hait, aucun doute là-dessus. Admettons que, par solidarité familiale, son cousin me déteste aussi. Pourrait-il pousser le vice jusqu'à bâcler l'enquête pour me faire accuser d'un crime que je n'ai pas commis ? Émilie semble bien connaître les deux compères, alors je lui pose la question. Elle passe une main dans ses cheveux courts avant de me répondre d'un ton hésitant.

— Je ne sais pas si Régis irait jusque-là. Il n'est pas très futé, c'est vrai. Et il est tout dévoué à Lucie. Mais te faire porter le chapeau pour la mort de Fernand juste pour lui faire plaisir, en laissant le véritable assassin dans la nature, ce serait abominablement machiavélique.

Elle marque une pause et joue avec ses manches comme pour gagner du temps. Une lueur d'inquiétude brille dans ses iris gris. Je ne veux pas la brusquer et attends en silence qu'elle se décide à me révéler ce qui la travaille.

— Tu ne vas pas accuser Merlot de chercher à te piéger ? dit-elle enfin d'une voix angoissée. Il va nous pourrir la vie s'il apprend que c'est moi qui t'ai mis ça dans la tête.

Je hausse un sourcil étonné.

— Vous pourrir la vie ? Comment ça ?

— Avec le bar. Du temps des parents de Yoann, les clients ont pris de mauvaises habitudes : ils fument à l'intérieur, veulent rester bien au-delà des horaires légaux de fermeture, emportent leurs boissons dans la rue… Bref, autant de réglementations violées, mais on se voyait mal tout chambouler à peine arrivés. Ce n'est déjà pas facile de joindre les deux bouts financièrement, alors on ne peut pas se permettre de perdre la clientèle. Donc, même si pour un avocat, ce n'est pas évident d'accepter d'enfreindre les règles, on ferme les yeux. Et les gendarmes aussi. Et je ne te parle même pas des cuisines qui ne sont pas aux normes. Si on se tape un contrôle sanitaire, c'est la fermeture assurée.

— Je vois le tableau, dis-je en hochant la tête. Sois rassurée, je garderai pour moi ce que tu m'as révélé. Je ne voudrais pas que vous ayez des problèmes par ma faute. D'ailleurs, Yoann n'a pas peur que l'adjudant lui en veuille, après la scène qu'il a faite tout à l'heure ?

— Quelle scène ?

Je lui narre comment son mari a fait irruption dans la salle d'interrogatoire et a rabattu son caquet au gendarme. Elle pouffe d'un rire gai.

— Merlot n'a pas dû apprécier, c'est sûr, mais Yoann ne faisait qu'exercer son métier. Je ne pense pas qu'il puisse lui en tenir rigueur. En revanche, ce serait une autre histoire s'il savait que je lui ai cassé du sucre sur le dos.

Son front se plisse d'une ride soucieuse.

— Promis, je ne lui dirai rien. Croix de bois, croix de fer, si je mens, je vais en enfer.

Un sourire éclaire son visage en forme de cœur.

— Tu veux une autre bière ? me propose-t-elle en avisant mon verre vide.

Je jette un coup d'œil à ma montre. Seize heures. Il est temps que je rentre me préparer pour le réveillon et rassurer mes proches.

II

L'avantage des villages, c'est que tout est proche. Ainsi, je peux parcourir à pied la courte distance qui sépare le Café de la Place de la demeure familiale des Postant. À mon retour, je découvre mes parents et ceux de Marc en pleine partie de bridge dans la bibliothèque. Ma mère m'étreint longuement dans ses bras, non sans s'être assurée auparavant qu'il n'y avait plus lieu de fuir en Ouzbékistan. Je la rassure et m'abstiens de lui révéler mes doutes concernant l'enquête à charge que mène la gendarmerie. Pas la peine de l'affoler, elle serait capable de nous réserver trois billets d'avion pour le soir même.

Au deuxième étage, mon chéri, étendu sur notre lit à baldaquin, est plongé dans un ouvrage de sciences politiques. Encore un trait de sa personnalité qui me dépasse. J'adore lire et je peux passer des heures à dévorer des centaines pages. Toutefois, mes choix en la matière se portent plus volontiers sur des romans distrayants – policiers, romances, feel-good… – que sur des livres sérieux comme les affectionne l'homme de ma vie. Autant dire que nous ne sommes pas près de nous échanger nos bouquins pendant les vacances.

Lorsqu'il m'aperçoit, un sourire radieux éclaire son beau visage. Je saute sur le matelas moelleux et viens me pelotonner contre son torse. Je pose la tête sur son épaule et ferme les paupières afin de savourer mon bonheur. Comme à chaque fois que je le retrouve après une absence, même courte, j'ai l'impression que des papillons dansent la samba dans mon ventre.

Je lui raconte les heures éprouvantes que je viens de vivre, le temps qui s'écoulait au ralenti dans ma cellule de prison, l'interrogatoire musclé que j'ai subi, ma rébellion, les menaces d'emprisonnement proférées par l'adjudant et enfin mon sauvetage *in extremis* par Yoann dans le rôle de Super Avocat. Il m'écoute en me caressant les cheveux d'une main douce.

— Tu étais au courant que Merlot était le cousin de Lucie ? demandé-je à la fin de mon récit.

Il hausse les sourcils.

— Je l'ignorais. Je savais qu'elle avait un cousin prénommé Régis dont elle était très proche. Mais je n'ai pas fait le rapprochement avec le gendarme muté l'année dernière à Vazalot.

— Vu que ton ex me déteste, cela explique sans doute pourquoi il s'acharne à me faire porter le chapeau pour la mort de Fernand.

Marc plonge ses yeux marron dans les miens.

— Le fait qu'il soit apparenté à Lucie ne signifie pas qu'il cherche à te faire accuser d'un meurtre que tu n'as pas commis, affirme-t-il d'un ton rassurant.

— Alors, pourquoi m'a-t-il enfermée pendant deux heures comme une vulgaire criminelle ?

Ma voix, plus haut perchée que je ne l'aurais souhaité, se casse à la fin de ma question. Il pose un baiser sur mon front.

— Peut-être qu'en effet il fait du zèle pour faire plaisir à sa cousine, admet-il. Mais de là à imaginer qu'il pourrait fausser les conclusions de l'enquête…

Je le coupe, de plus en plus agacée qu'il n'adhère pas à ma théorie.

— Qu'est-ce que tu en sais ? Ton ex est folle à lier. Elle a pu le convaincre que j'étais le diable incarné et que je méritais de finir en tôle.

— Je reconnais que Lucie a dépassé les bornes en t'accusant sans preuve. D'ailleurs, pendant ton absence, je suis allé la recadrer.

— Tu as fait quoi ?

Mon exclamation le prend au dépourvu. Il passe une main dans ses cheveux poivre et sel d'un air gêné.

— J'ai juste fait un saut chez elle. Je voulais lui passer un savon pour la façon dont elle s'est comportée hier soir à la gendarmerie. Elle a reconnu qu'elle s'était laissée emporter par son imagination. Elle s'est excusée et m'a promis d'expliquer aux flics qu'en réalité, elle n'avait rien vu d'incriminant et qu'elle avait tiré des conclusions hâtives.

Je le dévisage, ne sachant comment réagir. Je sais que tout ça part d'une bonne intention. Il a endossé son costume de preux chevalier pour défendre sa demoiselle en détresse. Ce serait ingrat de ma part de lui reprocher de voler à mon secours. Pourtant, l'idée de le savoir en compagnie de son ex pendant que je croupissais derrière les barreaux me hérisse le poil, même si c'était pour l'engueuler. Je ravale ma rancœur et esquisse un sourire forcé. Pas la peine de passer mes nerfs sur lui.

— Merci d'avoir pris ma défense. Cela dit, je doute qu'elle soit prête à revoir son témoignage.

— Elle avait l'air sincère. Elle est un peu déséquilibrée ces derniers temps. Ça se comprend, après tout ce qu'elle a traversé. Mais ce n'est pas une mauvaise fille. Je suis sûr qu'elle tiendra parole.

Un peu déséquilibrée ? Il plaisante ou quoi ? À côté d'elle, même le Joker dans Batman paraît sain d'esprit.

Au prix d'un effort surhumain, je parviens à ne pas laisser exploser ma colère. Je refuse de jouer le rôle de la fille jalouse de l'ex de son mec. Toutefois, la naïveté dont il fait preuve à son égard me sidère. Comme s'il devinait mon combat intérieur (ou peut-être est-ce dû à ma mine aussi crispée que si je venais d'ouvrir un courrier des impôts m'annonçant un redressement fiscal sur trois ans), il enchaîne.

— Rassure-toi, je veillerai à ce qu'elle ne te nuise plus. Et si elle a le malheur de raconter un bobard de plus aux gendarmes, on la traînera en justice pour diffamation.

Mon expression se radoucit. La perspective d'assigner la sorcière rousse au tribunal n'est pas pour me déplaire. Même si je préférerais que Jack Bauer lui pète les dents une par une. D'une façon générale, je suis contre la torture. Mais pour cette garce, je suis prête à faire une exception.

— Et si Merlot continue de me harceler ? S'il persiste à penser que j'ai empoisonné ce pauvre Fernand, il n'est pas près de mettre la main sur le meurtrier. Je ne veux pas me retrouver mis en examen pour homicide !

L'angoisse tord ma voix. Marc me caresse la main.

— Si la police ne fait pas son travail, alors on embauchera un détective privé dès notre retour à Perclin, pour faire la lumière sur cette affaire. Il dénichera le vrai coupable et tu seras blanchie de tout soupçon. Et puis, il y a aussi Yoann. C'est un excellent avocat. Il ne laissera pas les gendarmes s'en tirer avec un dossier aussi bidon.

Ses paroles me rassurent et le nœud qui m'étreignait l'estomac se relâche. Au fond de moi, néanmoins, une petite voix me murmure qu'on n'est jamais aussi bien servi que par soi-même. Après tout, tant que je suis sur place, pourquoi ne pas en profiter pour mener ma propre enquête et dénicher des éléments permettant de me disculper ? À deux heures du réveillon de Noël, je ne peux pas faire grand-chose. Mais dès demain, j'irai interroger le personnel et les résidents de la maison de retraite de Vazalot afin d'en savoir plus sur Fernand Guichard. Moi qui suis fan de séries et romans policiers, j'ai remarqué que les coupables se cachent souvent parmi les proches. Peut-être vais-je découvrir un héritier sans le sou et prêt à tout pour obtenir son héritage ?

— À quoi penses-tu ?

La question de Marc me tire de mes réflexions. Hors de question de lui avouer la vérité. La dernière fois que j'ai mené des investigations sur un meurtre, j'ai failli perdre la vie[1]. S'il apprend que je m'apprête à enfiler de nouveau mon costume de détective amateur, il fera tout pour m'en empêcher. Je croise mes doigts de pied (mes mains étant trop visibles pour faire de même) avant de proférer un mensonge pour la bonne cause :

— Aux cadeaux qu'il me reste à emballer. Je n'ai plus une minute à perdre si je veux être prête pour dix-neuf heures !

---

1. Voir *On n'attire pas les hirondelles avec du vinaigre.*

12

Paré de bleu et d'argent, le sapin de trois mètres a fière allure. Nœuds et boules se balancent au bout de ses branches et scintillent au rythme du clignotement de la guirlande lumineuse. L'étoile accrochée à son sommet allonge encore sa silhouette majestueuse et projette des éclats aux quatre coins de la pièce. Au pied de l'immense épicéa, des tonnes de cadeaux aux emballages multicolores attendent d'être déballés. Un feu brûle dans l'imposante cheminée en marbre beige et de temps à autre, le bruit des bûches qui éclatent rompt le silence. Avec l'odeur de résineux qui flotte dans l'air, il règne dans le salon une atmosphère digne des plus beaux films dc Noël. Dans ma famille, on est plutôt habitué aux conifères en plastique ou aux microscopiques sapins recouverts de neige artificielle, que les fleuristes de Perclin refourguent à prix d'or aux citadins en mal de verdure. Alors, je savoure le bonheur de passer la soirée dans un décor aussi féerique et, telle une enfant, je jette des regards frénétiques aux paquets, me demandant lesquels me sont destinés.

Pour le réveillon, j'ai revêtu une longue robe drapée rouge, agrémentée à la taille d'une ceinture à large boucle dorée. La couleur du tissu met en valeur mes boucles brunes et fait ressortir mes yeux verts. Et la coupe masque les légers bourrelets que plusieurs litres de bières et kilos de raclette ont déposés sur mes hanches ces derniers mois. C'est d'ailleurs ce qui m'a décidé à l'acheter malgré son prix indécent (toutes mes pensées vont à la famille de feu mon compte bancaire, victime innocente de ce shopping dramatique et dont le décès prématuré laissera comme un vide entre moi et mon banquier).

Comme chaque année à la même période, je vais décider de me mettre au régime et de reprendre le sport. Comme chaque année, j'irai renouveler mon abonnement au club de gym situé en bas de chez moi. Comme chaque année, je le fréquenterai trois fois par semaine du 2 janvier au 1er février. Comme chaque année, je n'y mettrai plus les pieds dès le 2 février, en me maudissant d'avoir souscrit un engagement annuel qui me coûte une fortune. Un jour, il faudra que je lance un nouveau concept : un lieu qui fera salle de sport en janvier et bar les onze mois restants. Je suis sûre que ça ferait fureur.

— Ta tenue est sublime, ma chérie. Mais tu n'aurais pas encore grossi ?

La remarque n'émane pas de l'homme qui partage ma vie. S'il se permettait d'être aussi mufle, je lui arracherais aussitôt les yeux avec une fourchette. Non, ce charmant commentaire émane de ma chère maman. Et elle l'a proféré à haute et intelligible voix devant toute ma belle-famille. Compte tenu de ma situation actuelle vis-à-vis de la gendarmerie de Vazalot, ajouter un matricide sur la liste des crimes qui me sont reprochés n'est pas la meilleure option. Néanmoins, je dois faire preuve de toute la volonté dont je suis capable pour m'abstenir de l'étrangler avec le bolduc des paquets-cadeaux qui s'étalent sous le sapin.

— Pour les bonnes résolutions de la nouvelle année, j'ai une idée toute trouvée pour toi, maman. Travailler ton tact et ta discrétion.

Ma mère fronce les sourcils comme si je venais de lui demander de résoudre un sudoku niveau cinq.

— Quelle drôle d'idée. On ne fait pas plus discrète et diplomate que moi. En revanche, toi, tu devrais prendre la résolution de faire plus de sport. Cela serait bénéfique pour ta surcharge pondérale.

Je compte jusqu'à dix dans ma tête, méthode que m'a suggérée Marc pour réguler mes envies d'assassinat maternel.

— Enfin, je dis ça, c'est pour ton bien, reprend ma génitrice d'une voix de stentor, histoire que personne ne loupe un mot de mon humiliation. Non seulement le surpoids est disgracieux, mais en plus, j'ai lu que la graisse ventrale était la plus dangereuse pour la santé.

Elle s'interrompt et tourne la tête vers ma belle-mère avant dc poursuivre.

— Brigitte, pour le dessert, vous pouvez compter une part de bûche en moins. Camille est au régime.

Soixante-douze, soixante-treize, soixante-quatorze... Rien à faire. Je pourrais compter jusqu'à quatorze mille six cent trente-deux, j'aurais toujours envie de la tuer. Je laisse tomber la technique de Marc et applique la mienne : je vide ma coupe de champagne d'un trait et attrape la bouteille pour me resservir, sous l'œil outré de ma mère.

— Enfin, Camille, un peu de manières ! Une femme distinguée ne boit pas d'alcool comme un vulgaire pilier de comptoir. Ton père et moi ne t'avons pas éduquée comme ça.

Sur l'échelle de Richter de la casse-couillerie, ma mère a déjà atteint un très honorable huit alors que la soirée ne fait que débuter. Si je veux survivre jusqu'à minuit, il va falloir que je me branche le champagne en intraveineuse. Par chance, j'ai un allié de poids dans la pièce lorsqu'il s'agit d'alcool.

— Moi je trouve ça trop cool, madame Joubert, que votre fille ait une bonne descente, déclare Jules d'un ton admiratif. Les meufs, d'habitude, elles veulent jamais picoler. Ça les rend pompettes, qu'elles disent.

C'est vrai que moi, le niveau « pompette », je ne connais pas. Au bout de trois litres de bière, je suis bourrée. Mais je ne passe jamais par la case « pompette ». Je ne dois pas être assez classe, sans doute.

La remarque de l'adolescent prend ma génitrice au dépourvu. Elle ouvre la bouche pour répliquer, puis la referme, faute d'inspiration. Il faut dire que le jeune homme a entrepris de m'imiter et vient de siffler son verre de champagne si vite que des bulles lui ressortent par le nez. Edmond se frappe le front du plat de la main d'un air navré, pendant que son épouse tape dans le dos de son petit-fils pour faire passer la quinte de toux qui menace de l'étouffer.

Ravie de ne plus être le centre de l'attention, j'en profite pour engouffrer trois toasts au saumon fumé, sous le regard amusé de Marc.

— Je vois que Catherine est toujours aussi obsédée par ton poids, me glisse-t-il à l'oreille.

Je lève un œil inquiet vers lui.

— Et toi, ça ne t'ennuie pas que j'aie pris deux kilos ?

Il plante un baiser sur mes lèvres.

— Moi je te trouve parfaite comme tu es. Et j'adore être avec une femme qui apprécie la nourriture. Véronique, mon ex-femme, était obsédée par sa ligne et ne mangeait que de la salade verte. C'était d'un barbant…

Je lui adresse un sourire radieux et plein de miettes du canapé au foie gras que je viens d'engloutir.

Le dîner est servi dans la salle à manger dont les murs, pour l'occasion, sont décorés de guirlandes dorées. La gigantesque table en chêne est recouverte d'une nappe rouge et or. En son centre, Brigitte a disposé quatre chandeliers en bronze et les flammes des bougies projettent des ombres dansantes autour d'elles. L'argenterie et le service de table de la grand-mère sont à nouveau de sortie et je prie intérieurement pour ne pas ruiner une autre pièce de cet héritage familial, même si la profusion de fleurs aux couleurs pastel peintes sur la porcelaine est une insulte au bon goût.

— Votre homard et son sabayon au champagne sont un délice, Brigitte ! s'exclame mon père avec une moue de délectation.

Il tapote ses lèvres avec sa serviette et contemple d'un visage consterné son assiette vide. Le rose aux joues, ma belle-mère s'empresse de le resservir.

— C'est vrai que c'est divin, intervient ma mère. Comme je vous le disais hier, je suis moi-même une excellente cuisinière.

— Oui, oui, maman, tout le monde est au courant et te croit sur parole.

Je préfère couper court à un éventuel dérapage. Hier, nous sommes passés à un cheveu de nous taper son infâme bœuf bourguignon, hors de question de prendre le moindre risque. À ma droite, Jules relève la tête de son assiette et marmonne, la bouche pleine :

— Ah non, moi j'étais pas là hier. Vous cuisinez mieux que ma grand-mère, m'dme Joubert ?

Je lui balance un violent coup de pied dans le tibia. Cet abruti va nous conduire droit au désastre.

— Ouille ! Mais t'es pas bien ?

— Qu'est-ce qui t'arrive encore, Jules ? demande Edmond avec un regard agacé.

Je ne laisse pas au jeune homme le temps de répondre.

— C'est rien, il s'est juste mordu la langue. Tiens, bois une gorgée d'eau, ça fera passer la douleur.

Je lui tends son verre et me penche vers lui. Je siffle entre mes dents :

— Si tu ne la fermes pas immédiatement, je te plante ma fourchette dans la main.

Pour crédibiliser ma menace, j'attrape ma fourchette et la pointe vers lui. Il range en vitesse ses mains sur ses genoux.

— Ta meuf est dingue, mec, lance-t-il à son oncle en secouant la tête.

— Surveille ton langage ! grogne de nouveau son grand-père.

— T'ain, trop reloue, la soirée en famille.

La figure d'Edmond se congestionne et vire au cramoisi. Marc intervient avant qu'un drame n'éclate.

— Donc, Catherine, vous nous disiez que vous étiez un vrai cordon-bleu. Eh bien, moi qui ai goûté à votre blanquette, je peux en témoigner publiquement : c'était grandiose.

Les yeux de ma mère papillonnent de plaisir sous le compliment de son gendre adoré. Je me tourne vers l'homme de ma vie et lui murmure à l'oreille :

— C'est tout ce que tu as trouvé comme diversion ? Tu veux que je demande le divorce ou quoi ?

Il m'adresse un sourire malicieux.

— Pour ça, il faudrait déjà que nous soyons mariés. Et je préfère risquer une indigestion que de gâcher le repas de Noël.

— Mouais. Je te rappellerai ces paroles lorsque tu te tordras de douleur au fond de ton lit, l'estomac empoisonné par la blanquette de ma mère.

— Je vous remercie, Marc. C'est très gentil à vous de rendre hommage à mes talents culinaires. Mon mari et ma fille pourraient en prendre de la graine.

En face de moi, mon père, occupé à terminer sa sauce à l'aide d'un bout de pain, hausse des épaules blasées.

— Tu sais bien que j'adore ta cuisine, minou.

Je foudroie du regard cet hypocrite, qui m'ignore pour continuer à éponger les restes de son repas.

— Merci mon cœur. Néanmoins, si j'ai abordé ce sujet, ce n'est pas pour recevoir des éloges.

Elle marque une pause et baisse la tête d'un air modeste avant de poursuivre :

— Non, si j'ai abordé ce sujet, c'est que je tenais à signaler à Brigitte et Edmond que Camille a hérité de sa maman sur ce point. Elle prépare des mets gastronomiques divins. Pas plus tard que la semaine dernière, elle nous a concocté de la purée de noix de

Saint-Jacques à l'écrasée d'ail, enrobée de son coulis de framboise aux truffes.

Sous le choc, je crache le morceau de homard que j'ai dans la bouche, qui atterrit avec un bruit mou dans l'assiette de mon père. Avec une grimace de dégoût, il contemple la chair rosée et mâchouillée qui souille le reliquat de son sabayon. Il me fixe avec des yeux ulcérés.

Bien fait, ça lui apprendra à fayotter.

Ma mère fait mine de n'avoir rien remarqué et continue de vanter mes prétendues compétences culinaires, à grand renfort de plats aux noms plus farfelus les uns que les autres, tout droit sortis de son esprit tordu.

Oh non, ça ne va pas recommencer.

J'ai déjà eu du mal à me dépêtrer de cette histoire de tiramisu. Dans quelle galère est-elle en train de me fourrer ? D'autant qu'elle sait parfaitement que je n'ai rien d'un cordon-bleu. Fascinée par ce plaidoyer aussi dithyrambique que mensonger, ma belle-mère boit chacune de ses paroles. Elle tourne vers moi un visage ébloui et me fixe comme si j'étais le messie.

— Camille, ma chère, je ne me serais jamais doutée que vous cachiez une telle aptitude pour la science gastrologique. Votre tiramisu était délicieux, bien entendu, mais il est clair, à entendre le discours de votre maman, qu'il ne rend pas grâce à votre savoir-faire.

Ravie de son succès, la femme qui prétend m'avoir mise au monde (bien qu'il ne fasse aucun doute, vu la situation actuelle, qu'elle a dû m'adopter) en rajoute une couche :

— Attendez de déguster ses langoustines farcies au

coulis de betterave safrané et son clafoutis d'ananas en quintessence de cassis. Un délice !

Brigitte porte les mains à son visage et pousse un cri.

— Je veux ab-so-lu-ment y goûter ! Vous nous préparerez cela avant votre départ, Camille. Vous m'indiquerez les ingrédients dont vous avez besoin et j'irai vous acheter le nécessaire.

De quoi j'ai besoin ? Facile. Une corde pour me pendre ou un bon avocat pour contester ma filiation.

Trop abasourdie pour protester, je me contente de hocher la tête, me demandant comment je vais réussir à me sortir du pétrin dans lequel ma mère vient de m'enliser jusqu'au cou. Peut-être vaudrait-il mieux que je plaide coupable auprès de l'adjudant Merlot. Vingt ans de prison, à côté de ce que ma famille me fait endurer, ce sera de la rigolade.

Par je ne sais quel miracle, le reste du dîner se poursuit sans nouvelle catastrophe. Minuit sonne enfin à l'antique horloge en bois sculpté, marquant le début des vraies festivités : le déballage des cadeaux. Pour ma part, je n'ai pas pris trop de risques avec mes beaux-parents : une biographie en trois de tomes de Socrate pour Edmond et un livre d'histoire sur la révolution française pour Brigitte. Quant à Jules, il a eu droit au dernier CD de Muse. Vu la tête qu'il tire en déballant mon présent, ça ne doit pas être son style de musique, mais il s'abstient de critiquer. J'ai offert à mes parents le traditionnel « bon pour un week-end en hôtel quatre étoiles » que je leur achète tous les ans. Au moins, je suis sûre que ça ne finira pas au fond d'un placard, comme la tablette Samsung dernier cri que j'ai eu le malheur de choisir pour le dernier anniversaire de mon père. Enfin, pour mon chéri, j'ai jeté mon dévolu sur une montre automatique Seiko vert foncée, qui sied à merveille à son look *casual chic*. J'ai poussé des cris de joie en découvrant le présent qu'il avait prévu pour moi : un sac à main en cuir beige de la nouvelle collection Michael Kors. À dire vrai, il avait peu de risque de se tromper : depuis deux mois, je laissais traîner subrepticement dans son appartement des pages de magazines de mode sur lesquelles j'avais entouré les modèles de sac qui me plaisaient. Il aurait fallu qu'il soit bouché pour rater le message.

La partie la plus délicate a été l'ouverture du paquet que me tendait ma mère. D'habitude, elle me questionne quelques semaines avant, pour savoir ce qui me ferait plaisir. Toutefois, cette année, silence radio. D'où l'angoisse qui m'étreint au moment d'arracher l'emballage vert parsemé de pères Noël miniatures. Ma crainte augmente lorsque je découvre une boîte en carton blanc, dont le poids laisse présumer qu'elle contient des vêtements. Maman a toujours eu des goûts épouvantables lorsqu'il s'agit de m'acheter des fringues. Soit elle me prend des trucs archi démodés qui me transforment illico en mémé apprêtée pour assister à la soirée bingo de la municipalité. Soit elle tombe dans l'extrême inverse et je ressemble à Kim Kardashian, en plus vulgaire. Je reste muette lorsqu'apparaît le contenu du paquet. Des plaques rouges se forment sur mon visage et mon décolleté.

— Ah, oh ! dis-je en manque d'inspiration.

— Ça te plaît ? demande ma génitrice d'une voix surexcitée.

— Eh bien, je… heu…

À côté de moi, Marc se penche pour jeter un coup d'œil. Il émet un gloussement amusé et commente :

— Ça a l'air ravissant !

Ma chère maman bat des mains d'excitation.

— Je suis si contente que vous aimiez ! Je voulais trouver un présent qui soit utile pour votre couple. Et, toi Camille, qu'en penses-tu ?

J'observe une nouvelle fois le microscopique string en dentelle noire et le soutien-gorge ultra push-up qui l'accompagne.

Où est-elle allée pêcher une idée comme celle-là ?

— Je peux voir ?

Joignant le geste à la parole, Brigitte s'avance vers moi pour admirer le cadeau que je viens de recevoir. Horrifiée, je rabats d'un geste brusque le couvercle de la boîte. Elle s'immobilise et ses yeux noirs me scrutent d'un air stupéfait.

— Un problème, Camille ? s'enquiert-elle d'un ton pincé.

— Pas du tout, pas du tout, pas du tout.

— Alors, montrez-moi.

Elle tend la main vers l'emballage en carton blanc. Je raffermis ma prise et recule ma chaise pour échapper à une éventuelle tentative d'attaque surprise. Ses lèvres se serrent en une moue contrariée et ses joues se colorent d'indignation. Il ne fait aucun doute qu'elle est vexée comme un pou. Comme si ma position n'était pas assez délicate, ma mère juge utile de mettre son grain de sel.

— Eh bien, ma chérie, pourquoi ne laisses-tu pas Brigitte admirer la somptueuse parure de lingerie que je t'ai offerte ?

La tête de ma belle-mère vire du rouge au vert. Pour la première fois depuis que je la connais, elle se met à bafouiller.

— Qqqq… quelle impolitesse de ma part. Carine, heu c'est-à-dire Camomille, heu Camille, je vous prie d'excuser mon indiscrétion.

Elle bat en retraite à la vitesse de l'éclair et s'enfuit dans la cuisine au prétexte de préparer du café.

— Eh bien, qu'est-ce qui lui prend ? s'exclame ma génitrice en se grattant le crâne.

13

En ce 25 décembre après-midi, toute la famille est sortie pour une promenade vivifiante dans la campagne. Sauf moi. J'ai invoqué une crise de foie pour rester seule. Je compte en profiter pour commencer mon enquête sur le décès de Fernand Guichard. Ma première étape sera la maison de retraite de Vazalot. Grâce à une recherche sur ma tablette, je déniche l'adresse. Trop loin pour m'y rendre à pied. J'emprunte les clés de voiture de Marc ainsi que la boîte de chocolats que son neveu lui a offerte. Dans sa famille, les hommes sont sujets au diabète, alors j'agis pour son bien, me dis-je pour réduire au silence mes scrupules.

Dix minutes plus tard, je me gare sur le parking de la résidence Chenêt. Cet établissement privé pour personnes âgées dispose d'un parc arboré dans lequel les pensionnaires peuvent se promener ou prendre le soleil sur les nombreux bancs disposés le long des allées bordées de chênes. Cet argument commercial est d'ailleurs mis en avant sur le site internet. En revanche, la façade austère en béton gris et les fenêtres en PVC qui s'y alignent les unes à côté des autres comme les cases d'un échiquier ne sont guère accueillantes.

Un jour de Noël, le personnel est réduit à son strict minimum. Je me présente à l'hôtesse d'accueil, une très jeune femme aux cheveux blonds décolorés agrémentés de mèches rose fluo, occupée à prendre des selfies avec son téléphone. Elle abandonne à regret son shooting photo pour s'enquérir de l'objet de ma visite. J'opte pour la vérité, ou tout au moins une partie de la vérité. J'explique que ma belle-famille habite le village et que j'ai fait la connaissance de Fernand Guichard, Raymond, Henriette, Marthe et Simone lors de la soirée qui a coûté la vie au vieil homme. Je me garde néanmoins de préciser que je suis le suspect numéro un des gendarmes. J'ajoute que je souhaite leur présenter mes condoléances et que je leur ai apporté des chocolats. Mon interlocutrice, dont le badge m'apprend qu'elle se prénomme Jessica, lorgne sur la boîte de confiseries d'un œil avide.

— Je la leur remettrai, si vous voulez !

Il ne fait guère de doute que les pensionnaires ne verront pas la couleur de la moindre friandise si la jeune femme met la main dessus. Je décline poliment sa proposition. Elle masque sa déception et accepte de me conduire dans la salle commune, où les résidents sirotent leur café après un copieux repas de fête. En chemin, elle me prévient que seuls sont présents ceux que leur famille n'a pas pu accueillir ou dont l'état de santé s'opposait à toute sortie. Ainsi, Henriette passe Noël chez ses enfants et Simone est partie déjeuner chez sa petite-fille (dont je devine qu'il s'agit de Lucie).

Raymond et Marthe sont assis avec les autres autour d'une grande table recouverte d'une nappe rouge et doré. La pièce a été décorée de guirlandes et boules multicolores et un sapin en plastique trône dans un coin. Malgré les efforts manifestes faits par le personnel pour donner une ambiance festive au lieu, je ne peux m'empêcher de ressentir un pincement au cœur en songeant aux personnes âgées condamnées à célébrer les fêtes de fin d'année dans un environnement aussi triste.

À mon grand soulagement, Raymond et Marthe me reconnaissent immédiatement et m'accueillent avec enthousiasme. Pour l'occasion, ils sont sur leur trente-et-un. Le vieux monsieur arbore un nœud papillon bordeaux assorti à son gilet. Quant à son amie, avec sa robe en velours noir égayée d'un collier de perles blanches, on la croirait sortie d'un film des années 1930. Afin de pouvoir discuter au calme, Jessica nous suggère de nous installer dans l'espace salon, aménagé de l'autre côté de la salle. Elle donne le bras à la vieille dame, dont la démarche hésitante me fait craindre une chute malgré sa canne. Je m'apprête à faire de même avec son compagnon, mais il refuse mon aide.

— Je suis l'un des rares ici à pouvoir me déplacer seul, sur mes deux jambes, se vante-t-il avec fierté.

Nous discutons de l'hiver trop doux (un vrai désastre pour l'équilibre naturel, d'après Raymond), de la dernière élection de Miss France (une vraie beauté, d'après Raymond) et du plafonnement des retraites annoncé le mois dernier par le président de la République (un vrai con, d'après Raymond). La boîte de chocolats se vide à la vitesse de l'éclair et je regrette de ne pas en avoir apporté plus. Je me promets de remédier à cela dès le lendemain en dévalisant la pâtisserie de Vazalot pour offrir d'autres douceurs à mes gourmands interlocuteurs. L'heure tournant, je me résous à aborder le sujet qui m'intéresse.

— Je voulais vous dire combien j'étais navrée pour la mort de votre ami.

Marthe hoche la tête d'un air grave.

— C'est une bien triste histoire. Et comme si un décès ne suffisait pas, les gendarmes sont persuadés que c'est un meurtre.

Je hausse les sourcils.

— Pas vous ?

Cette fois-ci, c'est Raymond qui répond à ma question.

— Les flics sont des andouilles. Pourquoi quelqu'un s'embêterait à assassiner un vieux grincheux comme Fernand ? Il était rongé par le cancer jusqu'à l'os. Comme moi d'ailleurs. Tous les deux, on s'amusait à faire la course à celui qui tiendrait le plus longtemps. Les médecins lui donnaient six mois à vivre et guère plus en ce qui me concerne.

Il pousse un soupir triste.

— Au final, son cancer des poumons aura battu mon cancer du pancréas. Foutue saloperie.

Son amie pose une main sur son genou.

— Au moins, là où il est, il ne souffre plus.

— Tu as raison. Et bientôt ce sera mon tour.

Je cligne des yeux pour ravaler les larmes qui menacent de déborder. Hors de question de leur foutre encore plus le bourdon. Je déglutis dans l'espoir de masquer mon émotion face à l'annonce de la mort prochaine du vieil homme.

— Et il avait de la famille ?

S'ils remarquent les tremblements dans ma voix, ils n'en laissent rien paraître.

— Oui, un neveu et une nièce. Ce sont les enfants de son frère aîné. Il est mort l'année dernière, m'informe Marthe.

— Vous les connaissez ?

— Seulement lui. Victor, qu'il s'appelle. Il venait rendre visite à son oncle une fois par mois. Pas un mauvais gars, m'enfin il a pas inventé l'eau chaude, si vous voyez ce que je veux dire.

Raymond ponctue sa remarque d'un coup de coude dans les côtes de sa voisine, qui glousse comme une adolescente. Leur complicité fait plaisir à voir. Je profite de cette bonne ambiance pour enchaîner avec ma question suivante.

— Il habite par ici ?

— Ah ça non, il n'est pas de chez nous. C'est un gars de la ville. Y'a qu'à le voir débarquer ici sapé comme un milord avec ses beaux costumes, pour nous en foutre plein la vue.

La ville la plus proche, Strasbourg, se trouve à au moins deux heures de route. Autant dire inatteignable dans le cadre de l'enquête discrète que je souhaite mener. Je retiens un soupir. La suite de mes investigations se présente mal.

— Il est de Strasbourg alors ? dis-je pour en avoir le cœur net.

Raymond frotte son menton rasé de près.

— Quelle drôle d'idée. Qu'est-ce qui vous a fourré ça dans le crâne ?

Je le fixe sans comprendre. Je tente une explication prudente.

— Heu, vous disiez qu'il était de la ville. J'en ai déduit qu'il résidait à Strasbourg.

— Dites tout de suite qu'on habite dans un trou paumé ! Nous aussi on a des grandes villes, dans le coin.

Ah. Première nouvelle.

La conversation prend une tournure compliquée. À ma connaissance, il n'y a que des bleds à cinquante kilomètres à la ronde. J'opte pour jouer les ignorantes. Mieux vaut cela que de les vexer.

— Je vous prie de pardonner ma méconnaissance de la région. À quelle commune faisiez-vous allusion ?

Il hoche la tête, comme pour souligner qu'il note mon inculture en géographie locale.

— Eh ben, Méricord.

Je fouille dans ma mémoire car ce nom ne m'est pas inconnu. J'y suis. Nous l'avons traversé en venant. Méricord, charmante bourgade microscopique dont les seuls commerces sont une boulangerie, un tabac et une épicerie. Si la population y atteint mille cinq cents âmes, ça doit être un maximum. Pas vraiment une ville, mais on ne va pas chipoter. En revanche, un détail me chiffonne encore dans le discours de Raymond.

— Vous disiez que le neveu de Fernand n'était pas du coin. Or Méricord est à peine à dix minutes en voiture.

Cette fois-ci, c'est Marthe qui éclaire ma lanterne.

— C'est bien pour ça qu'on vous dit qu'il n'est pas d'ici. Vazalot, c'est Vazalot. Les gens qu'habitent pas le village, eh ben ils sont pas de chez nous.

Elle redresse la tête, me mettant au défi de la contredire. Les Vazalotins ne rigolent pas avec les origines. Je ne relève pas et poursuis avec un sourire :

— Et il fait quoi, là-bas, ce fameux Victor ?

— Il tient la supérette. Ah ça, on en a entendu parler, de son magasin. Hein Raymond ? À croire qu'il dirige un hypermarché tant il nous rebat les oreilles à chacune de ses visites avec ses problèmes de personnel, ses livraisons…

La vieille femme fronce le nez avec une mimique dédaigneuse. À côté d'elle, son ami approuve d'un vigoureux signe de tête. J'en sais suffisamment sur le neveu pour l'instant. Il est temps d'enchaîner.

— Et la nièce de Fernand, vous ne l'avez jamais rencontrée ?

— Jamais ! Elle habite pourtant Paris, ce n'est pas le bout du monde. Si vous voulez mon avis, ça doit être une sacrée pimbêche pour ne jamais daigner rendre visite à son vieil oncle, s'exclame-t-elle d'un ton hargneux.

— Je vous fiche mon billet que maintenant qu'il a cassé pipe, elle va radiner dare-dare pour empocher l'héritage ! grogne Raymond.

La transition est parfaite, je n'aurais pas fait mieux. Je saisis la perche qu'il me tend.

— Ah oui, monsieur Guichard avait de la fortune ?

— Il était toujours propriétaire de son appartement. Un beau trois-pièces situé dans le centre de Vazalot. Y'a même un balcon. Ça doit bien coûter dans les cent briques, un truc pareil.

J'effectue un rapide calcul mental. Avec les importants droits de succession à régler, cela laisse sans doute moins de trente mille euros à chacun des deux héritiers. Peut-on commettre un meurtre pour un montant pareil ? Cela me paraît aberrant, d'un autre côté on lit quotidiennement dans les journaux des récits de braquage de stations-service ou de commerces tout aussi minuscules pour des sommes dérisoires. L'avidité humaine n'a pas de limite.

— Et cette nièce, elle s'appelle comment ? demandé-je d'une voix la plus naturelle possible.

— Valérie, ou Virginie. Un truc comme ça.

— Elle porte le même nom de famille que son oncle ?

— Affirmatif. C'est la fille du frère de Fernand. Enfin, sauf si elle s'est mariée, mais je n'ai pas souvenir qu'il nous ait parlé d'un époux dans le paysage. Pourquoi vous voulez savoir ça, au fait ? s'inquiète Marthe en haussant un sourcil soupçonneux.

— Simple déformation professionnelle. Nous, les journalistes, on ne peut pas s'empêcher de poser des questions.

— De vraies fouines, confirme Raymond dans un éclat de rire enthousiaste.

La pendule en plastique accrochée au-dessus de la porte m'indique que l'après-midi est déjà bien entamée. Si je veux être de retour avant ma famille, je dois filer. Je prends congé de mes nouveaux amis, non sans leur avoir promis auparavant de repasser le lendemain avec d'autres douceurs sucrées.

Par chance, la maison est encore déserte lorsque je franchis la porte d'entrée. Je remets le jeu de clés sur la serrure intérieure afin que personne ne se doute de mon escapade et je file dans ma chambre reprendre mon rôle de malade agonisant d'une crise de foie. Puisque j'ai encore du temps devant moi, autant le mettre à profit pour avancer dans mon enquête. Je lance une recherche Facebook sur ma tablette, au nom de Valérie Guichard. Deux résultats sortent, mais la première est une adolescente et la seconde, une Italienne. Je retente ma chance avec le prénom Virginie. Cette fois, une seule personne correspond à ce patronyme. D'après sa fiche, c'est une quinquagénaire à l'air revêche et aux sourcils trop épilés, qui habite Paris. Comme la nièce de Fernand. Je parcours sa liste d'amis et je déniche un Vincent portant le même nom qu'elle. Le neveu. Bingo, je les ai trouvés. J'explore les posts récents de la femme. Elle a publié le 23 décembre au soir des photos d'une exposition de Vasarely au Centre Pompidou, qu'elle venait de visiter. Sauf à se téléporter comme dans Star Trek, il est impossible qu'elle ait assisté à la fête de Vazalot le même jour. Bien sûr, elle peut être de mèche avec son frère et que ce soit lui qui ait versé le poison dans le verre de Fernand. Néanmoins, je décide de l'écarter de mes suspects, au moins pour l'instant, et de me concentrer sur le frangin. Une pensée me frappe soudain. J'ai oublié de demander à Raymond et Marthe si Vincent Guichard avait assisté à la soirée.

Quelle idiote !

C'est une information capitale, car s'il était absent, cela l'innocente définitivement et sa sœur avec. Peut-être l'ai-je aperçu par hasard parmi les invités présents ce soir-là ? Je parcours son profil Facebook, dans l'espoir de reconnaître le visage d'un des convives. La cinquantaine, des orbites creuses, un front dégarni sur lequel sont plaquées des mèches maigrelettes. Le type ne me dit rien. Pas le choix, je vais devoir lui rendre visite demain. Comme j'ai toujours ma carte de presse dans mon sac, je pourrai prétexter écrire un article sur la mort de son oncle.

Des rires me parviennent de l'allée du jardin. Les familles Postant et Joubert sont revenues au bercail. Je ferme ma page web, range ma tablette et m'empare du roman posé ma table de nuit, histoire de ne pas éveiller de soupçons à propos de mes investigations.

14

Le lendemain de Noël, pour le déjeuner, Brigitte nous a mitonné trois fois rien, comme elle dit. Des tournedos rossini, arrosés de sauce à la truffe et au madère. Je songe avec angoisse au score que va afficher la balance à mon retour. Une chose est sûre, si je passe trop de temps chez mes beaux-parents, je ne me donne pas quinze jours avant de finir obèse.

Nous venons à peine de servir le café lorsque le carillon de la sonnette retentit. Mon beau-père se lève pour aller ouvrir. Je m'apprête à porter ma tasse à mes lèvres lorsque l'imposante silhouette de l'adjudant Merlot se dessine dans l'embrasure de la porte. Je suspends mon geste, comme statufiée.

Oh non, pas encore !

Ma belle-mère pousse un soupir.

— Régis, si vous avez décidé de saboter tous mes repas de famille, autant le dire tout de suite ! Que nous voulez-vous encore ?

Le ton sec avec lequel elle s'est adressée à son interlocuteur ne laisse aucun doute sur le niveau de son agacement. Le gendarme fouille dans sa veste et en sort un papier.

— Nous avons un mandat de perquisition pour fouiller votre domicile.

— Vous plaisantez j'espère ? lance Edmond d'une voix désagréable.

Il s'avance et lui arrache le document des mains d'un mouvement brusque. Il le parcourt d'une lecture rapide. Il relève les yeux et rend la feuille au flic en silence.

— Alors ? s'enquiert ma mère, qui se tord les mains depuis que les forces de l'ordre ont fait leur apparition dans la salle à manger.

— J'ai bien peur qu'il dise la vérité, annonce mon beau-père.

— Vous comptez nous harceler longtemps, comme ça ?

La question émane de Marc. Il toise Merlot d'un œil furieux.

— Je ne fais que mon devoir, monsieur, rétorque le gros homme chauve en rangeant son mandat dans sa poche. Maintenant, si vous voulez bien m'excuser, je dois diriger les opérations.

Il sort de la pièce et interpelle ses collègues qui patientent à l'extérieur. Des bruits de voix masculines remplissent bientôt les lieux. Mon chéri dégaine son portable.

— J'appelle Yoann. Il est temps de mettre fin à ce simulacre d'enquête policière.

Il faut à peine quinze minutes à l'avocat pour nous rejoindre. Il examine le mandat de perquisition et nous confirme sa validité. Il n'y a donc rien que nous puissions faire pour nous opposer à l'opération en cours. Toutefois, il nous assure qu'il va nous assister jusqu'à la fin de la procédure et relire le procès-verbal.

Brigitte, catastrophée de voir sa maison mise sens dessus dessous, suit les gendarmes à la trace et pousse des cris aigus à chaque fois que l'un d'eux omet de remettre en l'état la pièce qu'il inspecte. Au bout d'une heure, Merlot est bredouille. Ils n'ont rien découvert dans la demeure qui puisse avoir un rapport avec le meurtre. Je devine à sa face congestionnée que la situation le contrarie et cela me réjouit au plus haut point.

— Nous allons fouiller le jardin et les dépendances ! Allez, au boulot vous autres !

Les cinq hommes qui l'accompagnent s'éparpillent dans la vaste pelouse qui borde le domicile des Postant.

— Quoi ? Mais c'est de l'acharnement ! rugit Edmond avec de grands gestes des bras.

Il se tourne vers Yoann.

— Ils ont le droit de faire ça ?

— Malheureusement, oui, confirme ce dernier. La décision du procureur les autorise à examiner votre résidence et tous les locaux vous appartenant. Cela inclut donc votre garage, l'abri de jardin et les espaces extérieurs.

Mon beau-père se renfrogne à cette nouvelle. Dans un silence lugubre, nous patientons sur la terrasse pendant que les gendarmes passent au peigne fin le moindre centimètre carré de terrain. Enfin, après une heure de ce petit jeu, l'adjudant interrompt ses recherches. Il s'avance vers nous, une expression satisfaite sur le visage. Il tient à la main un sac en kraft marron.

— Nous avons fait une découverte intéressante, proclame-t-il en brandissant le sachet sous notre nez comme un trophée.

— Qu'est-ce que c'est ? s'enquiert Brigitte d'un ton inquiet.

— Un sac pour pièce à conviction.

Je retiens ma respiration. Un mauvais pressentiment m'envahit.

— Et allez-vous daigner nous informer de son contenu ? aboie Marc, de plus en plus irrité.

— Un paquet de mort-aux-rats, vieux à vue d'œil d'au moins trente ou quarante ans, que nous avons déniché dans votre cabane à outils.

J'écarquille les yeux. Quel rapport avec l'enquête ? Voyant nos têtes stupéfaites, le flic se sent obligé de fournir des explications supplémentaires.

— Dans les années 1970, certaines marques de mort-aux-rats contenaient du cyanure de potassium. Ce n'est plus le cas aujourd'hui. Trop dangereux.

Je blêmis.

Il ne va quand même pas me coller sur le dos la présence de ce truc dans l'abri de jardin de mes beaux-parents ?

Vu le contentement qu'affiche la tronche ronde et chauve du gendarme, la réponse à cette question ne fait pourtant aucun doute.

— C'est un élément à charge contre mademoiselle Joubert, confirme-t-il avec un sourire mauvais.

— Vous vous foutez de nous ? s'emporte Marc en pointant un index menaçant vers la large poitrine de Merlot. La moitié de Vazalot possède ce type de produit !

Ce dernier fronce les sourcils et gronde d'un ton sévère :

— Je vous prie de vous calmer, monsieur Postant !

Yoann lève les mains en signe d'apaisement.

— Pas la peine de s'énerver. Ce que veulent dire mes clients, c'est qu'il est fréquent, à la campagne, d'utiliser de la mort-aux-rats. Par conséquent, la présence de raticide chez eux ne constitue en rien une preuve dans cette affaire.

— Ça, c'est vous qui le dites. Je suis certain que le procureur verra les choses différemment.

Le coin de sa lèvre remonte sous l'effet de la satisfaction. Je serre les poings si forts que mes ongles laissent une marque blanche dans mes paumes. Il me faut déployer des efforts surhumains pour résister à l'envie de me jeter sur lui et de lui enfoncer son sac dans la gorge jusqu'à ce que mort s'ensuive. Comme s'il devinait mes intentions, Marc pose son bras autour de mes épaules. La chaleur de son corps me réconforte et estompe mes désirs d'homicide.

Les gendarmes se rendent ensuite dans la maison afin d'établir le procès-verbal de la perquisition, que nous allons devoir signer. Au préalable, notre avocat relit avec attention le document afin de s'assurer de l'absence d'irrégularité. Enfin, il nous autorise à y apposer notre signature.

Toutes les personnes présentes doivent accomplir cette formalité, y compris mes parents qui n'étaient même pas là le soir du meurtre. Même si je suis navrée pour eux de les voir mêlés à cette galère, je me sens moins stigmatisée de ne pas être la seule à émarger. J'ai néanmoins la main qui tremble lorsque Yoann me passe le stylo et mon écriture est à peine déchiffrable.

— Vous ne l'emporterez pas au paradis, maréchal ! s'emporte ma mère tandis que les flics remballent leur matériel.

— C'est adjudant, madame, rectifie l'intéressé d'une voix pincée.

— Adjudant, maréchal... Ça ne changera pas grand-chose à l'article sur les abus policiers que mon gendre et ma fille ne manqueront pas de publier dans leur journal pour dénoncer vos méthodes de voyou !

Elle gesticule à outrance et envoie des postillons à la face du gendarme. Il les essuie du revers de sa manche. Il fixe ma génitrice de ses yeux globuleux, devenus durs comme de l'acier. Je sens qu'il est à deux doigts de la coffrer pour outrage à agent. Deux Joubert en prison la même semaine : un record dans les statistiques familiales. Cela n'était pas arrivé depuis l'époque de mon aïeul, Norbert Joubert, tristement célèbre pour avoir dévalisé à trois reprises avec son cousin Joseph une auberge au début du XIXe siècle.

Mon père intervient avant que les choses ne dégénèrent. Il murmure quelques mots à l'oreille de son épouse et l'entraîne à l'écart. Elle le gratifie d'un regard furibond mais accepte de le suivre. Je suis soulagée : je n'aurai pas à lui apporter des oranges dans sa cellule.

Une fois les forces de l'ordre disparues, Yoann, Marc et moi faisons le point sur la situation.

— Tu crois qu'ils peuvent causer du tort à Camille, avec ce stupide vieux paquet de mort-aux-rats ?

Je décèle un soupçon d'inquiétude dans la voix habituellement assurée de mon homme. Je ne sais pas si je dois me réjouir qu'il prenne au sérieux la tournure des événements ou si au contraire, c'est un mauvais présage que même lui se fasse du mauvais sang. Son ami le rassure.

— Tu l'as souligné toi-même, on peut trouver ce genre de substance chez la moitié des habitants de Vazalot.

Je me mêle de la conversation car un détail me chiffonne.

— Ce n'est pas n'importe quelle mort-aux-rats. Celle qu'ils ont découverte date de plusieurs dizaines d'années. Selon Merlot, on n'utilise plus de cyanure dans les raticides de nos jours. Combien de personnes dans le village gardent depuis plus de trente ans un produit contre les rongeurs ?

Yoann passe une main sur son menton mal rasé, l'air songeur.

— En effet, cela réduit les possibilités. Néanmoins, à la campagne, les gens sont conservateurs et ils font des stocks. Je suis certain que si tu vas fouiller dans la cabane à outils de Brigitte et Edmond, tu dénicheras du matériel de jardinage ancestral.

— C'est exact, confirme Marc. Ils ont même du désherbant tellement âgé qu'il a dû connaître la guerre. Et tu peux parier qu'ils ne sont pas les seuls dans le village.

Son ami approuve d'un hochement de tête et se lance dans une explication dont les hommes de loi ont le secret.

— Le Code pénal exige des indices graves et concordants pour mettre une personne en examen. Si le juge d'instruction est assez stupide pour tenter de te faire inculper sur la base de cette prétendue pièce à conviction, compte sur moi pour interjeter appel de sa décision.

La conviction qui se devine derrière son jargon juridique me réconforte. Peut-être que j'ai une chance de ne pas terminer mes jours derrière les barreaux, accusée d'un crime dont je suis innocente. Néanmoins, bien que Yoann assure comme avocat, je suis plus déterminée que jamais à débusquer l'assassin de Fernand Guichard.

15

Au volant de l'Audi de Marc, j'écoute les indications du GPS qui me guide jusqu'à Méricord. Après le départ des gendarmes, j'ai invoqué le besoin de me retrouver seule pour me détendre et faire le point. Marc n'a pas résisté très longtemps avant de me tendre ses clés de voiture. Je déteste devoir lui mentir mais je n'ai pas le choix. S'il découvre les investigations que je mène, il va flipper à mort pour moi et me supplier d'arrêter. Je sais qu'il a promis d'embaucher un détective privé si toute cette affaire n'était pas réglée à notre retour à Perclin. Cependant, je suis trop angoissée par la situation pour rester sans rien faire. Je déteste me sentir impuissante face aux événements. En étant dans l'action, au moins, je ne les subis pas, je les combats. Et, autre avantage non négligeable : mon escapade m'a permis d'échapper au tournoi de bridge que ma mère et ma belle-mère voulaient organiser entre nos trois couples. C'est donc avec Jules comme partenaire que mon cher et tendre affrontera ses parents et les miens en trois manches.

Méricord est aussi minuscule que dans mon souvenir. La supérette se situe sans surprise dans l'artère principale, qui porte la dénomination pompeuse de

« rue Grande ». Je me gare sans difficulté juste devant l'entrée, le faible nombre de véhicules en stationnement m'épargnant un créneau (je suis une quiche pour ce type de manœuvre, surtout avec le tank de mon chéri dont les dimensions sont sans commune mesure avec celles de la petite Twingo que je conduis à Perclin).

Lorsque je pousse la porte vitrée de la boutique, un carillon retentit et signale mon arrivée. L'endroit relève plus d'une épicerie de quartier que d'une supérette : l'intégralité du magasin se résume à trois allées. En ce début d'après-midi, elles sont désertes. Derrière la caisse, un homme lit le journal. Son front dégarni et ses orbites creuses ne laissent aucun doute sur son identité. Il lève les yeux de sa lecture et me dévisage. Il a un léger strabisme, qui rend son regard fuyant.

— Monsieur Guichard ? demandé-je en m'approchant.

Marthe et Raymond m'avaient décrit un type hautain qui portait des costumes hors de prix pour en mettre plein la vue à son oncle. La personne que j'ai en face de moi ne colle pas à ce portait. Son polo rayé et son pantalon en velours sont typiques des collections de prêt-à-porter d'entrée de gamme. Soit il réserve ses signes ostentatoires de richesse aux visites à la maison de retraite, soit mes nouveaux amis ont des conceptions discutables en matière de vêtements de luxe. Le peu que je connais d'eux me fait pencher en faveur de la seconde hypothèse.

— Oui ? Je peux vous aider ? s'enquiert le caissier d'un ton soupçonneux.

Il me scrute d'un air aussi avenant que si j'étais une inspectrice sanitaire venue fermer son commerce. Je dissipe ses doutes.

— Camille Joubert. Je suis journaliste.

Je fouille dans mon sac et en sors ma carte de presse. Il se penche et l'examine avec attention, les sourcils froncés.

— Et que puis-je faire pour vous ?

Son expression s'est radoucie mais la ride qui barre son front laisse deviner qu'il reste sur ses gardes. Au moins, il ne paraît pas m'avoir reconnue. Soit il n'a pas assisté à la soirée, soit il en est parti avant le drame et la scène où je me suis retrouvée accusée d'empoisonnement.

— Je vous présente toutes mes condoléances pour la disparition de votre oncle.

— Merci.

Il attend que je poursuive, toujours méfiant sur les circonstances de ma présence dans sa boutique.

— Je suis de passage dans la région pour les fêtes et j'ai décidé d'écrire un article sur son décès.

Il se gratte le crâne et le geste décolle deux mèches grasses qui restent suspendues à l'horizontale.

— En quoi la mort de tonton Fernand pourrait intéresser vos lecteurs ? Vous n'écrivez pas pour un journal local, si ?

— En effet, je travaille pour la gazette de Perclin, un hebdomadaire du Sud-Ouest. Nous pensons que les circonstances étranges de son décès, deux jours avant Noël, sont de nature à éveiller la curiosité de notre lectorat. D'ailleurs, nous n'excluons pas que la presse nationale s'empare du sujet une fois notre article paru.

Évidemment, j'affabule de toutes pièces. Aussi dramatiques que soient les événements ayant conduit à l'assassinat du vieux monsieur, il est improbable qu'ils suscitent de l'intérêt au-delà de la région de Vazalot. Et Marc ne me laissera pas publier un article sur le sujet. À moins que je ne déniche le coupable ? Qui sait, mon mensonge se révélera peut-être n'être qu'un demi-bobard.

À la mention de la presse nationale, une lueur d'intérêt s'allume dans les yeux marron de mon interlocuteur. Il se redresse sur sa chaise et lisse son polo du plat de la main pour effacer un pli imaginaire.

— Je suis à votre entière disposition pour répondre à vos questions. C'est très aimable à vous de vouloir rendre hommage à tonton Fernand.

Il marque une pause et poursuit d'une voix qui se veut neutre mais tressaille d'excitation.

— Vous pensez citer mon nom et mon commerce dans votre papier ?

— Bien entendu.

Il paraît satisfait par ma réponse et peine à dissimuler le sourire que fait naître la perspective d'une publicité gratuite. J'attrape un bloc et un stylo pour noter ses réponses. Cela crédibilise mon histoire et me permettra de relire à tête reposée l'interview, histoire d'être sûre de n'avoir pas manqué un indice.

— Alors, dites-moi, tout d'abord : étiez-vous présent ce soir-là ?

Il hoche la tête avec vigueur.

— Tout à fait. Je n'aurais jamais laissé mon oncle seul un soir de fête. On était à deux jours de Noël et je sais qu'il adore…

Il s'interrompt et corrige d'une voix moins assurée.

— Enfin, qu'il adorait les célébrations organisées par la mairie.

— Comme c'est dommage, je ne vous y ai pas croisé.

Il se trémousse sur sa chaise.

— C'est-à-dire que je n'ai pas pu rester. J'avais… j'avais une urgence au magasin.

— Une urgence ?

— Oui, heu, l'alarme s'était déclenchée. Ce sont les voisins qui m'ont prévenu.

Vu la manière dont il évite de croiser mon regard, je suis certaine qu'il me baratine. Il s'ennuyait à mourir au milieu de tous ces petits vieux et il a fiché le camp à la première l'occasion.

— Comme c'est fâcheux. Rien de grave, j'espère ?

J'adopte un ton hypocrite pour ne pas éveiller sa suspicion.

— Non, c'était juste une fausse alerte.

Je lui adresse mon plus beau sourire.

— Quel soulagement ! Alors, vous me disiez que vous aviez quitté la soirée à quelle heure ?

Il réfléchit un instant.

— Vers vingt heures, je dirais. J'ai bu une coupe de champagne avec mon oncle et ses amis puis je suis parti. Attendez, je vais vous montrer le cliché. Vous pourriez même l'utiliser pour illustrer votre article ?

L'espoir fait vibrer sa voix. Il semble plus intéressé par l'idée d'avoir sa photo dans le journal que par la mort de son oncle. Il sort de sa poche un smartphone dernier cri et me le colle sous le nez. Pas de doute, il dit la vérité. Sur l'écran, on distingue sans peine son crâne dégarni et sa longue silhouette au milieu du groupe de personnes âgées.

Je prends le temps d'inscrire sur mon calepin ce qu'il vient de m'apprendre avant de poursuivre mon interrogatoire. Enfin, mon interview…

— Est-ce que vous avez remarqué quoi que ce soit d'inhabituel dans l'attitude de monsieur Guichard, qui aurait pu laisser présager le drame ?

Il hausse les épaules.

— Non rien de spécial, il paraissait en forme.

— Et parmi les invités, vous n'avez aperçu personne de louche ?

Nouveau haussement d'épaules.

— Non, non. Juste les gens du village.

Je laisse tomber le sujet et change d'angle d'attaque.

— J'ai interviewé ses amis hier. Ils m'ont dit qu'il était propriétaire d'un appartement ?

— Oui, il avait gardé son trois-pièces. Il le louait à un jeune couple. J'imagine que ma sœur et moi allons devoir le mettre en vente, maintenant.

— Vous êtes les seuls héritiers ?

— J'espère bien ! Il ne manquerait plus qu'il ait transmis son héritage à un inconnu.

Je tente une manœuvre sournoise.

— Je me suis laissé dire que vous étiez beaucoup plus présent auprès de votre oncle que votre sœur. Apparemment, elle ne venait jamais lui rendre visite.

Son visage se renfrogne.

— Oui, Virginie est assez égoïste. Sortie de sa vie parisienne et de ses deux filles, rien ne l'intéresse. Elle n'a pas mis les pieds dans le coin depuis des lustres.

Un coup de fil trois fois par an, c'était tout ce qu'elle accordait à tonton.

Je m'engouffre sans scrupule dans la brèche qu'il vient d'ouvrir.

— Cela reste entre nous, mais je trouve que c'est vous qui devriez hériter de la totalité de ses biens. Elle ne mérite pas d'être couchée sur le testament.

Il me dévisage avec intérêt.

— Puisque vous en parlez, je peux bien être honnête avec vous. Je partage votre point de vue. J'espère que tonton a déshérité ma sœur. Elle n'a rien fait pour lui pendant des années, je ne vois pas pourquoi elle empocherait le moindre centime.

Sa voix est acerbe. Lien du sang ou pas, dès qu'il s'agit d'argent, les relations humaines se complexifient.

— Vous n'avez pas d'informations sur les dispositions testamentaires ? demandé-je avec un intérêt réel.

S'il se savait l'unique héritier, ma théorie qu'il ait assassiné son oncle pour toucher le pactole se renforce.

— Non, nous n'avons jamais abordé le sujet. J'en saurai plus après le rendez-vous chez le notaire.

Je masque ma déception. Néanmoins, même pour un demi-appartement, certaines personnes sans scrupule seraient prêtes à commettre un meurtre. Je dois me renseigner sur sa situation financière.

— Pour que je puisse dire un mot de votre supérette dans mon article, il faudrait que vous me fournissiez plus d'éléments.

Son visage s'éclaire.

— Bien sûr, que souhaitez-vous savoir ?

— Pour commencer, comment marchent les affaires ?

Ce n'est pas trop difficile de faire tourner un commerce dans une petite ville comme la vôtre ?

— C'est sûr que ce n'est pas évident de gagner sa vie, surtout à la campagne. On ne peut pas dire que mon business soit toujours très florissant. Enfin, dans l'ensemble, les comptes ne sont pas trop mauvais. Mais c'est vrai que je ne cracherais pas sur un peu de publicité dans votre journal.

Il m'adresse un clin d'œil appuyé, au cas où je n'aurais pas saisi le message. Sa réponse en demi-teinte ne m'aide pas. Pour l'instant, je ne vois pas de moyen – pas de moyens légaux en tout cas (l'hypothèse de cambrioler son épicerie pour récupérer ses livres de comptes étant exclue) – de découvrir s'il avait besoin d'argent. Je note intérieurement de faire vérifier ce point par la police, ou le détective privé si nous en arrivons à cet extrême.

— Je vous remercie, j'ai tout ce qu'il me faut pour mon article. Je vous laisse ma carte, si quelque chose vous revient à propos de la soirée, n'hésitez pas à me contacter. Vous avez aussi mon adresse e-mail pour m'envoyer votre photo.

Il se saisit du bristol que je lui tends et l'enfonce dans la poche arrière de son pantalon.

— Vous me préviendrez quand l'article sortira ?

— Bien entendu, dis-je en lui serrant la main pour prendre congé.

De retour dans la voiture, je consulte ma montre. Quinze heures. J'ai encore le temps de faire un tour au Café de la Place pour soutirer des informations à Yoann. Comme il a passé son enfance à Vazalot, je compte l'interroger sur les habitants qui résidaient déjà au village dans les années 1970. Cela me permettra d'affiner la liste des personnes susceptibles d'avoir conservé de la mort-aux-rats au cyanure. Je pars du principe que lors d'un déménagement, personne ne s'encombre de ce genre de chose, alors seul les résidents d'origine peuvent être encore en possession d'un produit aussi ancien : il est possible que mon suspect se trouve parmi eux. Je tente de ne pas sombrer dans la paranoïa, mais je ne peux m'ôter de la tête que le paquet découvert dans le jardin des Postant a peut-être été déposé là volontairement. Un frisson me parcourt l'échine à la pensée que l'assassin tente de me faire porter le chapeau. Et si tout était orchestré depuis le début ? S'il m'avait repérée en train de discuter avec Fernand et avait saisi l'occasion lorsque nous sommes allés chercher les verres au bar ? La scène de l'enfant percutant un serveur me revient à l'esprit. S'agissait-il d'une diversion orchestrée par le meurtrier afin de détourner l'attention et de lui permettre de verser le poison dans l'une des flûtes ? Dans ce cas, comment pouvait-il savoir laquelle était destinée à Fernand ? Moi-même je l'ignorais : je les ai tendues au hasard à Fernand et à Raymond. Et Lucie, quel est son rôle dans tout ça ? Elle a eu l'occasion, comme chaque personne présente au bar à cet instant, d'accéder aux verres lors la chute du serveur. Et elle a été très prompte à m'accuser devant les gendarmes. Pourrait-elle être dans le coup ? Serait-elle « l'homme » de main du tueur ? Elle n'a pas de mobile, en revanche le neveu pourrait l'avoir payée pour faire disparaître son oncle. Elle se débrouille pour me faire accuser et fait d'une pierre deux coups : elle accomplit sa mission et assouvit sa haine à mon égard.

Il y a juste un grain de sable dans mon scénario : c'est moi qui ai donné la coupe empoisonnée à Fernand.

Je me prends le visage dans les mains. Ça ne colle pas. Rien ne colle. Toute cette histoire n'a ni queue ni tête. Je pousse un soupir résigné. Je ne vais pas résoudre l'énigme tout de suite. Je tourne la clé de contact et mets le cap vers Vazalot.

16

Les habitués du Café de la Place ont regagné leur quartier général : trois personnes sont accoudées au comptoir en bois sombre et dégustent leur bière en discutant à bâtons rompus. Derrière le bar, Yoann essuie des verres avec un torchon à carreaux. Son visage se fend d'un large sourire lorsqu'il m'aperçoit.

— Tu viens voir le barman ou l'avocat ?

Je lui rends son sourire et me hisse sur le tabouret le plus éloigné de ses clients. Je préfère éviter les oreilles indiscrètes.

— Le barman. Tu me sers une Stella ?

Je patiente le temps qu'il remplisse une chope sous la tireuse à bière. Il dépose ma commande sur un sous-bock publicitaire portant le nom de son établissement.

— Émilie n'est pas là ?

— Non, elle s'occupe des garçons. Pendant les vacances scolaires, ils ne tiennent pas en place, alors on se met en quatre pour leur trouver des activités. Cet après-midi, c'est football avec leurs copains au terrain de sport. On aurait dû faire des filles, il paraît que c'est plus calme !

Je me remémore les milliers bêtises que j'ai pu faire durant mon enfance.

— Ahah, ça, c'est une légende urbaine. Crois-moi sur parole, les filles ne sont pas des anges ! Et je ne te parle même pas de l'adolescence.

— Ah oui ? Tu as des anecdotes croustillantes ? J'adorerais révéler tes vieux dossiers à Marc.

Le souvenir de ma première boum s'impose à mon esprit et je rougis. J'avale une gorgée de ma bière pour masquer ma gêne.

— Je ne parlais pas de moi !

Il éclate d'un rire amusé.

— Tu n'es pas crédible ! En tant que barman, je n'ai pas mon pareil pour tirer les vers du nez de mes clients. Je finirai bien par te faire parler, surtout que l'alcool délie les langues.

Je baisse les yeux vers le verre de vingt-cinq centilitres posé devant moi. S'il savait le nombre de litres de bière que je peux ingurgiter avant d'être bourrée, il ne se vanterait pas comme ça. Je ris à mon tour.

— Je te souhaite bon courage ! Il va me falloir plus qu'un demi pour me faire perdre mes moyens.

— J'aime les challenges ! Après les fêtes, on se fera une soirée avec Marc et Émilie et je te parie dix euros que tu finiras par cracher le morceau.

Il tend la main, paume en l'air. D'ordinaire, je déteste parier, mais j'ai une confiance absolue dans ma résistance à l'alcool. Je tape dans sa main pour relever le défi.

— Vendu !

Il se sert une bière pour m'accompagner et nous scellons notre accord en trinquant. Pendant un instant, nous dégustons nos boissons sans un mot. Je suis la première à rompre le silence (enfin, le silence, si l'on excepte les éclats de rire et braillements des trois autres clients, qui, vu leur niveau sonore, n'en sont pas à leur première tournée).

— D'ici là, j'espère que cette sale histoire sera terminée.

Je n'ai pas besoin d'en dire plus, il comprend immédiatement où je veux en venir.

— Je suis certain que ce sera vite réglé. Merlot fait du zèle. Ce n'est pas tous les jours qu'il a l'occasion d'enquêter sur un meurtre. Mais il n'est pas assez idiot pour jouer au con avec moi. Il n'y a rien dans son dossier et il ne l'ignore pas.

Je ne peux retenir une moue dubitative.

— Enfin, le sac de mort-aux-rats qu'il a déniché chez mes beaux-parents, ça n'arrange pas mes affaires.

— Nous démontrerons que les Postant, comme de nombreux autres habitants de la campagne, conservent des tonnes de vieux outils ou produits de jardinage dans leur abri de jardin.

Je saute sur l'occasion pour lui poser la question qui m'intéresse.

— Toi qui es né ici, tu dois savoir qui d'autre réside dans le village depuis assez longtemps pour avoir du raticide des années 1970 chez lui ?

Il passe une main dans ses cheveux blonds clairsemés.

— Laisse-moi réfléchir. Il y a mes parents, bien sûr. Et les Legrand, qui possèdent la grande ferme à la sortie du patelin. Je crois que la famille Sénéchal a aussi emménagé à cette période-là.

Il marque une pause et plisse les yeux dans un effort de concentration. Ses lèvres articulent en silence et je devine qu'il s'agit des noms qu'il passe en revue. J'en profite pour sortir mon calepin et consigner les éléments qu'il vient de me communiquer. Un éclair illumine ses iris bleus.

— Monsieur et madame Granger, bien sûr. Comment ai-je pu ne pas y penser plus tôt ? Leur maison se transmet de génération en génération depuis le XIXe siècle. Ah, et j'oubliais la vieille madame Duchemin. Son mari, qui est décédé l'année dernière, tenait la charcuterie quand j'étais petit.

— La charcuterie ? J'ignorais qu'il y avait des commerces dans le village.

— Elle a fermé depuis belle lurette. Quand monsieur Duchemin a pris sa retraite, personne n'a voulu reprendre le commerce. Le triste destin des bleds de campagne.

Je griffonne sur mon bloc les deux nouveaux noms qu'il vient de citer, avant de l'interroger.

— C'est tout ? À vous entendre, toi et Marc, je m'attendais à plus.

Une ride se forme entre ses sourcils.

— Tu as raison, ma mémoire me joue des tours. C'est moche, de vieillir.

J'approuve d'un signe de tête. Je sais ce que c'est que d'arriver à un âge où les souvenirs d'enfance sont plus flous qu'on ne le souhaiterait. Il avale une longue gorgée de sa bière avant de poursuivre.

— Bon, il y a la famille de Lucie, qui est arrivée au milieu des années 1970. Mais ça, tu le savais déjà. Gérard Maheut et sa femme ont repris la maison de ses parents à leur décès, donc on peut l'inclure dans la liste. Mon vieux pote Simon Leroy également. Il habite toujours dans la ferme familiale avec sa mère.

Il s'interrompt quelques secondes, le temps de boire à nouveau.

— Je crois que c'est à peu près tout. Ah si, Élisabeth et Jean-Marc Ronhou se sont établis ici quand j'avais sept ou huit ans. Je jouais avec leur fils au football. Il avait un tir terrible !

Il rit au souvenir de son ancien camarade de jeu. J'en profite pour relire la liste que je viens d'établir. En comptant celle de Marc, dix familles sont assez anciennes pour détenir depuis plus de trente ans au fond d'un placard un raticide au cyanure. Je fais part de ce chiffre à Yoann.

— Tu crois que ce nombre suffira à me disculper ? On est loin d'atteindre la moitié des habitants, comme vous l'avez affirmé à Merlot tout à l'heure.

— En effet, on a exagéré notre estimation. Néanmoins, cela laisse suffisamment de possibilités pour qu'il y ait place au doute. Et le doute bénéficie toujours à l'accusé.

Je pince les lèvres, dubitative. Peut-être est-ce dû au niveau qui baisse au fond de ma chope de bière, mais j'ai du mal à voir le verre à moitié plein.

— Encore faudrait-il démontrer que les gens que tu viens de citer possèdent aussi un vieux sachet de mort-aux-rats.

L'avocat secoue la tête de droite à gauche.

— Il n'est pas nécessaire qu'on en trouve chez eux. Il suffit qu'on fasse valoir qu'ils étaient tous susceptibles d'en détenir et que celui découvert chez les Postant peut donc provenir de n'importe laquelle de leurs maisons.

Je hausse les sourcils et m'exclame.

— Tu penses que l'assassin pourrait être l'un d'eux ?

Il lève les mains en signe de dénégation.

— Je n'ai pas dit ça, t'emballe pas. Ne va pas raconter partout que j'accuse sans preuve les habitants du village.

Une note d'inquiétude perce dans sa voix. Il jette un coup d'œil anxieux à nos voisins. Par chance, ces derniers, absorbés par leur débat sur le dernier match de l'équipe de France, ne prêtent pas la moindre attention à notre conversation.

Je le rassure sur mes intentions et m'excuse d'avoir parlé trop fort. Il poursuit, un ton plus bas.

— Ce que je voulais dire, c'est que le meurtrier pourrait s'être introduit par effraction chez l'un d'eux pour récupérer le poison, puis s'être débarrassé du sachet chez les Postant. Sans compter que le coupable pourrait tout aussi bien ne pas résider à Vazalot. Les autres patelins du coin doivent eux aussi avoir leur lot d'anciennes demeures pleines de vieux désherbants, insecticides et autres produits tout aussi nocifs pour la santé.

L'image de Vincent Guichard s'impose à moi. Aurait-il pu se procurer de la mort-aux-rats chez l'un de ses voisins ? À moins que son domicile soit assez antique pour contenir ce genre de vieilleries ? J'ai omis de lui demander où il résidait. Je m'efforce de chasser cette pensée de mon esprit pour me concentrer sur l'idée que vient d'émettre Yoann.

— Donc, selon toi, l'assassin aurait glissé le raticide dans l'abri de jardin de mes beaux-parents pour attirer les soupçons sur moi ?

Il hausse les épaules.

— Je n’en sais rien. En tout cas, c’est une possibilité et je ne me priverai pas pour la plaider. Cela me permettra de décrédibiliser cette prétendue preuve.

— Qui pourrait être assez pervers pour me faire porter le chapeau ? Personne ne me connaît, ici ! Alors pourquoi moi ?

Je me mords les lèvres car encore une fois, j’ai prononcé ces mots d’une voix trop forte. Mon ami s’assure que les autres clients n’ont rien entendu avant de me répondre :

— Si, et je dis bien si, la mort-aux-rats a été placée chez Brigitte et Edmond à dessein, cela ne signifie pas que tu es victime d’un complot. Vu que grâce à Lucie, tu t’es retrouvée au cœur des soupçons, l’assassin a dû estimer que l’occasion était trop belle et en a profité pour donner du grain à moudre aux flics. Comme cela, il s’assurait qu’ils continueraient à suivre leur fausse piste et qu’ainsi il ne serait pas inquiété.

« Grâce à Lucie. » Les mots résonnent dans mon esprit. Encore une fois, j’en reviens au la même constat : c’est elle qui a jeté les gendarmes à mes trousses. Elle, dont les parents possèdent une maison ici depuis les années 1970. Coïncidence troublante. Je préfère taire mes doutes à Yoann. Ils se connaissent depuis des lustres et je doute qu’il voit d’un très bon œil que j’accuse sa copine d’enfance. Je tente malgré tout d’obtenir des informations.

— En parlant de Lucie, elle habite toujours chez ses parents ?

— Pourquoi veux-tu savoir ça ? me questionne Yoann d’un ton suspicieux.

— Car vu la situation, j’aimerais éviter de tomber sur

elle à tout bout de champ. Je te rappelle que ses parents sont les voisins de ceux de Marc.

Difficile de savoir si mon explication l'a convaincu. Néanmoins, il accepte de me renseigner.

— Non, depuis son divorce, elle loue une maison dans le village. Par contre, tu risques de la croiser si tu continues à passer ton temps à picoler dans mon bar : elle habite un peu plus haut dans la rue.

— Ah merde. Tu fais bien de me prévenir. Je m'assurerai que la voie est libre avant de partir.

En réalité, je suis ravie de ce que je viens d'apprendre. Même si je n'ai pas son adresse exacte, il ne devrait pas m'être très difficile d'identifier son domicile. On ne sait jamais, ça peut servir pour la suite de mon enquête…

17

Je viens à peine de m'engouffrer dans la voiture que *Last Friday Night* de Katy Perry retentit dans l'habitacle. Mon portable. Je fouille dans le barda qui encombre mon sac à main. Poudrier, Kleenex, porte-feuille, baume à lèvres, miroir, peigne... Bref, rien que des choses indispensables (c'est pourquoi je trimballe en permanence deux kilos sur mon épaule droite). Enfin, je mets la main sur mon téléphone. Le nom de Marc s'affiche sur l'écran. Il doit s'inquiéter de ne pas me voir revenir de ma balade. Je décroche une seconde avant qu'il ne bascule sur la messagerie.

— Coucou. Je suis là dans un quart d'heure, lui déclaré-je pour couper court à tout reproche.

— Attends, il y a du changement.

Son ton est inhabituel.

Ouh là, qu'est-ce qu'il va m'annoncer ?

— Tu te souviens du soir du réveillon, lorsque ta mère a survendu à mes parents tes compétences culinaires ?

Un mauvais pressentiment m'envahit.

— Oui... dis-je d'une voix hésitante.

— Malheureusement, ils n'ont pas oublié. Ma mère insiste pour que tu nous prépares ta spécialité. Attends, j'ai dû noter le nom, il est si surréaliste que je ne parviens pas à le mémoriser.

J'entends un bruit de papiers qu'on déplace.

— Ah voilà, il est là. Donc, ce soir, au dîner, tu dois nous concocter des langoustines farcies au coulis de betterave safrané et leur clafoutis d'ananas en quintessence de cassis.

J'ai l'impression de recevoir un coup de massue sur la tête. Comme si ma vie n'était pas assez compliquée ces derniers jours, il faut que ma génitrice s'en mêle histoire de rendre les choses pires qu'elles ne le sont.

Je lâche un long soupir.

— Génial. Il ne manquait plus que ça.

— Tu n'as qu'à dire la vérité à mes parents, que Catherine s'est emballée et que tu cuisines très mal.

— Je te remercie, ton soutien me va droit au cœur, répliqué-je d'un ton pincé.

Certes, je rate même les œufs à la coque. Mais ce n'est pas une raison pour que l'homme de ma vie le fasse remarquer. Quant à l'avouer à ma belle-famille, plutôt boire de la bière sans alcool jusqu'à la fin de mes jours. Le rire chaud de Marc résonne dans mon smartphone. Comme d'habitude, cela produit un effet magique sur moi et ma colère s'évanouit aussi vite qu'elle était arrivée. Maintenant que je suis calmée, j'ai les idées plus claires. En voilà d'ailleurs une qui germe dans mon esprit.

— Où puis-je trouver une zone commerciale dans le coin ? demandé-je avec excitation.

À l'autre bout de la ligne, Marc réfléchit un instant avant de me répondre.

— Eh bien, le truc le plus proche, c'est le centre commercial de Chateaudra. C'est à vingt minutes en voiture. Tu cherches quoi comme boutique ?

— Supermarché, commerces alimentaires, restaurants...

— Alors, ça devrait faire l'affaire. Mais que mijotes-tu ?

— Tu verras bien, dis-je gaiement en raccrochant.

Grâce aux indications du GPS, je trouve sans difficulté ma destination. Chateaudra est un grand centre commercial, comme on en trouve partout en province. La galerie marchande se compose d'une quarantaine de boutiques et restaurants répartis sur deux niveaux, ainsi que d'un hypermarché Leclerc. Je ne prends pas la peine d'attraper un caddy, mon plan n'en nécessite pas. Je parcours les allées jusqu'à ce que je repère ce que je cherche : un restaurant. Le Bistrot du marché est une brasserie traditionnelle à la décoration néanmoins moderne. Sur le sol en damier noir et blanc sont disposées une vingtaine de tables en marbre, éclairées par des lampes suspendues en métal gris. Le menu affiché à l'extérieur promet de la cuisine française classique plus quelques spécialités locales. Les plats, bien que simples, semblent assez alléchants : faux-filet charolais poêlé, petit jus de viande et sa polenta moelleuse au parmesan ; dos de cabillaud rôti, endives braisées et son beurre mousseux au soja ; choucroute alsacienne, et bien d'autres choses encore. À cette heure de la journée, les clients sont rares. Dans un coin, un couple déguste un café. Plus loin, un père et ses deux enfants font une orgie de crèmes glacées. Le plus jeune, un blondinet de cinq ou six ans, a le visage maculé de glace au chocolat. Je souris en imaginant l'ampleur du débarbouillage à venir. Un serveur en chemise blanche et tablier noir s'avance pour m'accueillir.

— Bonjour et bienvenue. C'est pour boire un verre ?

— Bonjour. En fait, je ne suis pas venue pour consommer. Je souhaiterais m'entretenir avec votre chef cuisinier.

L'homme me dévisage comme si j'étais un rat d'égout prêt à emménager dans ses locaux. Je lui décoche un sourire ravageur afin de le rassurer sur mes intentions. Peine perdue.

— Vous êtes de la Direction de l'hygiène ? me demande-t-il d'un ton anxieux.

Je secoue la tête avec vigueur.

— Non, non, pas du tout. Je suis journaliste.

Je plonge le nez dans mon sac pour dégoter ma carte de presse et la lui tends. Il s'approche et l'examine avec attention. Une expression de soulagement traverse son visage.

— J'aime mieux ça. Enfin, non pas que le restaurant ait des problèmes d'hygiène… Ce n'est pas du tout ce que j'ai voulu dire…

La panique perce de nouveau dans sa voix.

— Pas de problème, j'ai compris, dis-je avec un nouveau sourire. Si ça ne vous ennuie pas, pourriez-vous me conduire à votre cuistot ?

Il se passe la main sur la joue d'un air gêné.

— C'est que, ce n'est pas une demande habituelle. Je ne sais pas si je suis autorisé à faire ça. Qu'est-ce que vous lui voulez, au juste ?

Je lui déballe le bobard que j'ai préparé durant mon trajet en voiture.

— J'écris un article sur les spécialités culinaires de l'est de la France. J'ai déjà interviewé plusieurs chefs à Strasbourg mais je voudrais diversifier mes sources.

Il opine de la tête et semble convaincu par mon mensonge.

— Très bien, ça nous fera de la publicité. Suivez-moi alors.

Il me précède à travers la salle et ouvre une porte battante située sur le mur de droite. Je pénètre dans une cuisine digne d'un épisode de *Top Chef*. Les plans de travail, les meubles, les ustensiles, l'électroménager : tout est couleur argent. Sur les plaques en vitrocéramique, des cocottes rutilantes, dont s'échappe un fumet appétissant, attendent leur tour pour le prochain service. Un homme en tablier blanc est affairé à trancher des légumes avec un instrument étrange que je n'ai jamais vu auparavant. À notre arrivée, il s'interrompt et se tourne vers nous. Une lueur de surprise brille dans ses yeux marron.

— Désolé de te déranger, Adrien, mais cette dame voudrait te parler. Elle est journaliste et elle écrit un article sur les chefs de la région, explique le serveur à toute allure.

L'homme me dévisage avec intérêt. La trentaine, les cheveux ras et le menton volontaire, il dégage un mélange de virilité et de bienveillance. Il s'essuie la main sur son tablier avant de me la tendre.

— Enchanté. Alors comme ça, vous faites un papier sur les cuisiniers locaux ?

Sa voix respire tant la gentillesse que je n'ai pas le cœur de le tromper. Le serveur a quitté la pièce, alors j'abandonne mon mensonge et joue cartes sur table.

— À vrai dire, non. Je suis bien journaliste, mais ce n'est pas la raison de ma présence ici. J'ai inventé cette excuse pour que votre collègue accepte de me mener jusqu'à vous.

Il plisse les yeux, intrigué par cette révélation inattendue.

— Voilà une entrée en matière bien mystérieuse. Pourquoi teniez-vous tant à me rencontrer ?

— Parce que vous êtes mon unique espoir de sauver ma réputation face à ma belle-famille.

Il hausse les sourcils si haut qu'une ride apparaît sous ses cheveux courts. Je lui déballe toute l'histoire : mon séjour chez les parents de Marc, les incroyables compétences culinaires de Brigitte, ma mère et ses affabulations concernant mes talents pour la cuisine et enfin le fameux plat que je suis censé mitonner ce soir. Au fur et à mesure qu'il écoute mes déclarations, la stupéfaction remplace la surprise sur son visage.

— Eh bien, et moi qui trouvais que ma mère était chiante, en comparaison de la vôtre, c'est une petite joueuse, s'exclame-t-il en riant une fois mon récit achevé.

— Je confirme, la mienne est ceinture noire en torture filiale.

— Quelle est cette fameuse spécialité que vous devez servir au dîner ?

Contrairement à Marc, je n'ai eu aucune difficulté à retenir le nom alambiqué de l'invention de ma mère.

— Des langoustines farcies au coulis de betterave safrané et leur clafoutis d'ananas en quintessence de cassis.

Adrien émet un sifflement.

— Elle n'y est pas allée avec le dos de la cuillère, votre maman. Ce truc n'existe que dans son imagination.

— Je sais bien. Et de toute façon, même si ça existait, je serais bien incapable de le réaliser. Je suis une quiche en cuisine. Je ne sais même pas ce que c'est que cette chose, là.

Je désigne du doigt l'outil avec lequel il tranchait une aubergine à mon arrivée. Ses lèvres remontent en un sourire amusé.

— Ça ? C'est une mandoline.

— Une mandoline ? Comme l'instrument de musique ?

— Oui, sauf que la mienne sert à découper les légumes. Vous voulez essayer ?

Je fais un bond en arrière à cette idée.

— Ouh là, c'est très gentil, mais maladroite comme je suis, je ne me donne pas vingt secondes avant de perdre un doigt.

— Alors mieux vaut s'abstenir, je ne voudrais pas que votre mère me colle un procès.

Cette fois, c'est moi qui ris en imaginant ma chère maman le traîner au tribunal.

— Maintenant que nous avons éclairci la question de la mandoline, si vous me disiez ce que vous attendez de moi ? me demande le cuistot en plantant ses yeux bruns dans les miens.

— Eh bien…

Je me dandine d'un pied sur l'autre, mal à l'aise à l'idée qu'il trouve mon plan ridicule.

— Oui ? dit-il pour m'encourager.

— Je voudrais que vous m'aidiez à réaliser ce plat.

Sa bouche s'arrondit sous l'effet de la surprise.

— Vous ne manquez pas d'imagination, à ce que je vois.

— Ça doit être de famille.

La commissure de sa lèvre remonte imperceptiblement et il lutte pour garder son sérieux. J'enchaîne pour ne pas lui laisser le temps de refuser.

— Bien entendu, je vous rémunérerai pour ce cours de cuisine privé.

— Ce n'est pas une question d'argent, plutôt de temps. Il est déjà seize heures trente et le service commence à dix-neuf heures.

— S'il vous plaît... Je serai une élève rapide et assidue.

Je prends mon regard suppliant de chien battu. À côté de moi, même le Chat Potté dans *Shrek* passerait pour un dur à cuire. Mon expression fait son effet.

— OK, OK. Je vais envoyer un texto à mon commis de cuisine pour qu'il arrive plus tôt.

— Merci ! Vous me sauvez la vie !

— Attendez qu'on ait mené la mission à bien avant de me remercier. Si vous êtes aussi nulle en cuisine que vous l'affirmez, ce n'est pas gagné d'avance.

Je fronce le nez, vexée par ce rappel trop exact de mon léger défaut.

— Rappelez-moi le nom insensé de ce plat ?

— Des langoustines farcies au coulis de betterave safrané et leur clafoutis d'ananas en quintessence de cassis.

— Bon, je n'ai pas de langoustines. Et mélanger de la betterave avec de l'ananas et du cassis aura pour seul résultat de faire vomir l'intégralité des convives.

— Ce serait ennuyeux. Que proposez-vous ?

Il passe une main sur sa nuque.

— Laissez-moi réfléchir…

Il tapote sa lèvre du bout des doigts. Plusieurs secondes s'écoulent. Autant dire une éternité. Je retiens ma respiration et croise les doigts pour attirer la chance. *Pourvu qu'il ait une idée pour me tirer de ce mauvais pas.*

— J'ai trouvé ! Vous direz à vos beaux-parents que le poissonnier n'avait pas de langoustines. À la place, nous allons utiliser des crevettes. J'en ai des kilos au congélateur. En plus, l'ananas se marie très bien avec ce fruit de mer, donc c'est parfait. Et pour le coulis, on se contentera d'un coulis de tomates. C'est rapide à faire et au moins, ça ne collera pas la gerbe à tout le monde. Là encore, vous mentirez en prétendant que vous n'avez pas trouvé de betterave. Bien entendu, ce n'est pas possible de farcir des crevettes avec du coulis, n'en déplaise à Madame votre mère, donc il faudra se contenter de les recouvrir avec.

Je tape dans mes mains, enthousiasmée par ses propositions.

— Vous êtes un génie !

Il ouvre un placard et en sort un tablier blanc identique au sien.

— Enfilez ça. Et lavez-vous les mains.

Pendant l'heure suivante, je fais plus de progrès en cuisine que durant ma vie entière. J'apprends à émonder des tomates, à ciseler du basilic, à faire suer des oignons… Jamais je n'aurais pu imaginer être capable de réussir cela. Pendant ce temps, Adrien s'occupe de préparer les crevettes et le clafoutis d'ananas (c'était le seul ingrédient qui lui manquait, alors il a envoyé son commis en acheter un au supermarché du centre commercial).

— Voilà, annonce-t-il enfin. Maintenant, il n'y a plus qu'à laisser mijoter. Allez faire un tour au centre commercial et revenez à dix-huit heures, ce sera cuit.

18

Je suis son conseil et pars me balader dans la galerie marchande. Ce sera l'occasion de faire du shopping pour me récompenser d'avoir si bien travaillé. Je suis en train d'admirer une robe dans la vitrine de Sandro lorsque, du coin de l'œil, je distingue une femme rousse vêtue de noir marcher dans ma direction.

Lucie !

Sans réfléchir, je m'engouffre dans la boutique avant qu'elle ne m'aperçoive. Je me planque derrière un mannequin et observe la silhouette menue de mon ennemie passer devant le magasin.

Ouf, elle ne m'a pas vue.

Mue par mon instinct, je ressors et entreprends de la suivre. Je laisse une dizaine de mètres entre nous afin qu'elle ne s'aperçoive pas de ma présence. C'est l'heure de sortie des bureaux et les clients ont envahi les allées. Avec cette foule, l'exercice de filature n'est pas aisé, surtout pour une novice en la matière. Au moment de prendre l'escalator, elle se retourne et jette un coup d'œil autour d'elle. J'ai juste le temps de bondir derrière un énorme ficus en plastique. Je reste planquée une vingtaine de secondes sans oser bouger, de peur qu'elle ne m'aperçoive. Enfin, je me risque à passer une tête entre les fausses feuilles vertes. En haut de l'escalier mécanique, la crinière rousse de Lucie disparaît à l'étage supérieur. Je me rue hors de ma cachette et gravis quatre à quatre les marches, affolée à l'idée de laisser échapper ma cible. Au second, les allées sont identiques à celles du rez-de-chaussée. Seule la couleur des murs diffère : le rose fuchsia a remplacé le jaune citron. Je tourne la tête et observe les alentours, cherchant du regard des vêtements noirs surplombés de cheveux roux.

Merde, où est-elle passée ?

Je suis sur le point de renoncer lorsque je discerne à la gauche de mon champ de vision un éclair orangé derrière la vitrine d'une bijouterie. Je me rapproche discrètement de la boutique, en prenant garde de rester à une distance raisonnable. À l'intérieur, Lucie est en pleine discussion avec une vendeuse. Pour ne pas attirer l'attention, je fais mine d'admirer les collections du magasin de fringues devant lequel je suis postée. Je tourne la tête à intervalles réguliers et surveille la scène qui se déroule du côté opposé de l'allée. La commerçante a posé un plateau devant sa cliente et cette dernière essaye les bagues qui s'y trouvent. Au bout d'un quart d'heure, la rouquine ressort les mains vides.

Étrange.

J'attends, pour me retourner, qu'elle se soit assez éloignée pour que je puisse reprendre ma filature. Elle redescend au rez-de-chaussée et parcourt le couloir central d'une démarche rapide. Soudain, elle pile net, fait demi-tour et s'installe sur le banc qu'elle vient de dépasser. Je me jette derrière un gros monsieur qui discute d'une voix forte dans son smartphone, en priant pour que sa carrure volumineuse suffise à me rendre invisible de Lucie. Seul problème, l'homme se dirige droit vers elle. Encore quatre ou cinq mètres et nous nous retrouverons à sa hauteur. Et vu le niveau sonore avec lequel le type hurle dans son téléphone, il ne fait pas de doute qu'il va attirer son attention. Si elle m'aperçoit, non seulement ma filature sera foutue, mais en outre elle risque de se douter que je la suis. Je ne peux pas courir ce risque. Pas dans ma situation actuelle vis-à-vis de la gendarmerie de Vazalot. Je tente le tout pour le tout et plonge sur ma droite pour atteindre la porte du magasin le plus proche. Je m'abrite derrière les mannequins en plastique et retiens mon souffle, persuadée que je vais entendre la voix aiguë de mon ennemie s'exclamer « Qu'est-ce que tu fais là ». Dix secondes s'écoulent. Rien. Je m'autorise à reprendre ma respiration. Il était moins une.

— Je peux vous renseigner, madame ?

La voix masculine me fait sursauter. Je me retourne et me trouve face à face avec un vendeur à la barbe bien fournie. Ses sourcils sont arqués dans une expression de pure perplexité.

— C'est pour offrir, peut-être ? s'enquiert-il face à mon silence.

Je regarde autour de moi et réalise que je me trouve dans une boutique spécialisée dans les sous-vêtements masculins. Trop occupée à me cacher du regard du Lucie, je n'ai pas pris garde au fait que depuis mon arrivée, j'avais le nez collé à une paire de fesses en plastique moulées dans un boxer gris. Pas étonnant que le jeune homme s'inquiète de me voir reluquer le postérieur de ses mannequins. Il doit me prendre pour une obsédée sexuelle.

— C'est un très bon choix, poursuit-il en désignant d'un geste de la main le boxer. Il existe également en bleu marine. Et tous nos articles sont fabriqués et tissés en France avec du coton haut de gamme.

— Ah très bien... dis-je, à court d'inspiration.

— Quelle taille vous faudrait-il ?

Je jette un coup d'œil dehors. Lucie a son smartphone collé à l'oreille et est en pleine discussion. Impossible de ressortir tout de suite.

Le vendeur me scrute avec inquiétude. Mon comportement doit lui paraître suspect.

— Vous préférez peut-être voir un autre modèle ? poursuit-il d'un ton incertain.

Il faut que je donne le change, ou il va finir par appeler la sécurité. Ce n'est pas le moment de tergiverser, alors j'improvise.

— Non, le gris sera parfait. Je vais le prendre en M.

Le soulagement se peint sur le visage de mon interlocuteur. Il s'empresse de fouiller sur une étagère et en extirpe une boîte en plastique qu'il me tend. Je le remercie et me dirige vers la caisse. Une rapide vérification dans la galerie m'apprend que ma cible est toujours au téléphone. Il faut que je gagne du temps. Par chance, le barbu m'en offre l'opportunité.

— Désirez-vous un paquet-cadeau ? m'interroge-t-il.

J'acquiesce. Marc va trouver bizarre que je lui offre des sous-vêtements, mais tant pis.

— Voilà, ça fera cinquante-cinq euros. Comment souhaitez-vous régler ?

Cinquante-cinq euros ? Il est incrusté de diamants, son calbute, ou quoi ?

Dehors, Lucie vient de se relever. Si je ne pars pas très vite, elle va m'échapper. J'extirpe ma carte bleue de mon portefeuille et la passe au vendeur. J'ai un pincement au cœur en songeant qu'avec cette somme, j'aurais pu m'acheter le top bleu que j'avais repéré chez Maje la semaine dernière. Je tape mon code à toute allure, attrape le sac que me donne le commerçant et me précipite vers la sortie. Le banc est vide. Je tourne la tête à gauche et à droite. Personne. Je décide de poursuivre dans la direction initiale qu'avait empruntée Lucie avant sa pause. Avec un peu de bol, je vais la rattraper. En effet, une minute plus tard, je distingue sa chevelure rousse. J'accélère le pas pour éviter qu'elle ne me distancie. Lorsqu'elle pénètre chez Jeff de Bruges, je rentre dans la boutique d'en face, en prenant garde cette fois-ci à vérifier l'enseigne. Il s'agit d'une sorte de *concept store*, un lieu parfait pour flâner devant les étals sans attirer l'attention. J'observe à la dérobée ce qui se trame chez le chocolatier. L'homme derrière le comptoir fait goûter quelque chose à Lucie. Malhcurcusement, je suis trop loin pour distinguer de quoi il s'agit. Je patiente donc jusqu'à ce qu'elle ait terminé son emplette. Encore une fois, elle ressort du magasin les mains vides.

De plus en plus étrange.

Je reprends ma filature, toutefois celle-ci tourne court, car au bout de vingt mètres, la rouquine sort du centre commercial. Je dois récupérer mon plat au Bistrot du marché dans dix minutes, impossible par conséquent de quitter les lieux. Je me résigne à laisser filer mon ennemie. Pour autant, je ne renonce pas à éclaircir le mystère de son shopping sans achat. Je pénètre à mon tour chez Jeff de Bruges.

— Bonjour, dis-je au type en tablier bleu qui me salue. Je devais retrouver mon amie chez vous. Une petite rousse. Est-ce qu'elle est déjà passée ?

— Ah oui, vous venez de la rater. Elle était là il y a cinq minutes à peine.

J'adopte une mine déçue.

— Comme c'est dommage. On devait faire la dégustation ensemble.

J'ai tenté ça au hasard. Puisque j'ai vu Lucie goûter quelque chose, peut-être qu'elle faisait du repérage. On est en période de fêtes, elle veut sans doute commander des chocolats pour ses collègues de bureau ou les pensionnaires de la maison de retraite. Par chance, j'ai visé juste et l'employé m'adresse un sourire aimable.

— Souhaitez-vous que je vous fasse essayer les produits qu'elle a présélectionnés ? Comme cela, vous pourrez lui donner votre avis et l'aider à prendre sa décision.

Je lui rends son sourire et m'empresse d'accepter. Il se retourne et attrape sur l'étagère située derrière lui six pots en verre. Il les aligne sur le comptoir avant de les ouvrir.

— Alors, ici vous avez les dragées Opéra, fourrées aux amandes d'Espagne, dit-il en sortant un bonbon rose du premier récipient.

Je ne suis pas fan de ces friandises, mais il est trop tard pour refuser, alors j'avale celle qu'il me présente.

— Ensuite, reprend-il en sortant une nouvelle confiserie de couleur blanche, vous avez nos dragées Avola Élysée, aux amandes de Sicile.

Le goût me semble identique à celle que je viens de manger, toutefois je m'abstiens d'en faire la remarque et me contente d'un « délicieux » en guise de commentaire.

— La troisième, ma préférée, est la Gianduja. Il s'agit d'une amande enrobée d'une savoureuse pâte de chocolat et de noisettes et décorée d'une fine couche de sucre.

J'ingurgite sans rechigner cette nouvelle sucrerie, bien que je ressente un léger écœurement. Le vendeur me fait successivement goûter les trois spécialités suivantes, ce qui ne fait qu'aggraver la nausée qui me gagne. Je résiste néanmoins vaillamment pour ne pas griller ma couverture.

— Alors, laquelle emporte votre préférence ? m'interroge l'homme d'un ton guilleret, une fois mon calvaire terminé.

— Heu, la troisième, dis-je au hasard.

— Excellent choix. Votre amie hésitait entre celle-ci et la dragée Opéra. Votre avis lui sera précieux.

— Tout à fait. Merci encore pour votre aide.

J'aurais voulu le questionner sur les motivations de Lucie. En vue de quelle occasion achète-t-elle des dragées ? Baptême ? Mariage ? Communion ? Néanmoins, il paraîtrait louche qu'elle me convie à choisir des dragées avec elle sans m'informer de l'événement auquel elles sont destinées. Je ravale donc mes questions et prends congé de l'employé.

Je me rends ensuite au deuxième étage et pénètre dans la bijouterie. Je suis accueillie par une jeune femme à la peau mate et aux boucles brunes. Je lui débite le même bobard qu'au chocolatier : j'ai rendez-vous avec mon amie pour faire des essayages, est-ce qu'elle est déjà passée ? Je feins la contrariété lorsque mon interlocutrice m'explique que Lucie a quitté les lieux depuis un bon quart d'heure.

— Zut, quelle malchance. Je lui avais promis d'être à l'heure. Elle va me tuer !

Je fronce le nez pour marquer mon désappointement. La vendeuse m'observe un instant, un doigt sur la bouche, comme si elle réfléchissait.

— Je peux peut-être vous montrer les modèles qui la tentaient ? propose-t-elle enfin d'une voix hésitante. Puisque c'est votre amie et que vous deviez la retrouver ici, cela ne devrait pas la gêner.

J'accepte avec enthousiasme sa proposition. Vu que je n'ai pas prévu d'informer Lucie de ma visite à la bijouterie, la jeune femme n'aura pas de problème et je n'ai donc pas de scrupules à lui mentir.

Pendant que je patiente au comptoir, l'employée s'approche d'une vitrine et la déverrouille à l'aide de la clé suspendue à son cou. Elle attrape un plateau recouvert de velours bleu foncé, sur lequel elle dépose trois bagues. Je suis encore trop loin pour voir de quoi il s'agit. Elle revient et installe le présentoir devant moi. Sur le tissu soyeux brillent trois alliances, une en or jaune, l'autre en or blanc et la dernière incrustée de minuscules diamants.

Hein ? Qu'est-ce qu'elle fout à essayer des alliances ?

Je masque ma surprise et m'efforce de paraître ravie.

— Elles sont magnifiques. Le choix de Lucie a dû être ardu.

La vendeuse hoche la tête, ce qui fait virevolter ses mèches noires.

— En effet, elle n'a pas encore réussi à se décider.

Enfin, si j'ai bien compris, le mariage est prévu pour le mois prochain, donc il ne faut pas trop qu'elle tarde, surtout si elle veut faire graver les alliances.

J'acquiesce et promets d'aider mon « amie » à prendre une décision rapidement.

Je m'empresse de quitter la boutique car l'heure tourne et Adrien doit s'inquiéter de ne pas me voir revenir. En chemin, je réfléchis à ce que je viens de découvrir. Dragées, alliances... Il ne fait pas de doute maintenant que la cinglée rousse est en train d'organiser un mariage. Mais, s'il s'agit du sien, pourquoi n'a-t-elle jamais mentionné qu'elle était fiancée ? À moins qu'à côté de son job à la mairie, elle exerce aussi comme *wedding planner* ? Est-ce que ce type de fonction implique d'assister la mariée dans le choix de son alliance ? Pour ma part, j'aurais horreur de solliciter l'avis d'une inconnue sur un sujet aussi personnel et important. Ou alors, c'est sa meilleure amie (encore que j'aie du mal à imaginer qu'une personne saine d'esprit puisse se lier d'amitié avec une sorcière comme elle) qui se marie et en tant que demoiselle d'honneur, Lucie lui apporte ses conseils dans l'organisation de la cérémonie ? Je brûle d'envie d'en savoir plus, mais je n'apprendrai rien d'autre aujourd'hui. Il va falloir que je patiente jusqu'à demain pour poursuivre mes investigations.

Au Bistrot du marché, le serveur a dressé les tables afin d'accueillir les premiers clients de la soirée, qui ne tarderont pas à se présenter. Je file direct à la cuisine, où m'attend le chef. Sur le plan de travail sont disposés deux récipients en aluminium recouverts d'un carton blanc. Adrien m'indique que le premier contient les crevettes au coulis de tomate safrané, et le second le clafoutis d'ananas. À la place du cassis, qui n'est pas vraiment un fruit de saison, il a ajouté des airelles en fin de cuisson. Il m'explique ensuite comment je dois procéder pour réchauffer les plats sans qu'ils perdent leur saveur. Je le remercie avec effusion. Il m'a tiré une sacrée épine du pied. Lorsque je lui demande combien je lui dois, il refuse toute rémunération. Selon lui, l'exercice l'a amusé et comme je lui suis sympathique, il ne veut pas être payé. J'insiste néanmoins pour le dédommager *a minima* du prix des matières premières. Face à mon obstination, il se laisse convaincre et je dépose un billet de cinquante euros sur la table. J'ai l'impression de faire une excellente affaire : me sauver la mise devant ma mère et ma belle-famille vaut au moins dix fois plus à mes yeux.

19

Je me gare devant la demeure des Postant et appelle Marc. Il répond à la deuxième sonnerie.

— Ah, enfin, je commençais à croire que tu avais préféré quitter le pays plutôt que de te mettre aux fourneaux.

— Très drôle ! Je suis stationnée dehors. Peux-tu venir m'ouvrir ? Si quelqu'un me surprend, mon plan tombe à l'eau.

— Ton plan ? Quel plan ?

La curiosité perce dans sa voix.

— Tu verras bien ! Bon, tu viens ? Je vais finir par me faire griller si je reste dans la voiture trop longtemps.

Je sors mon précieux chargement du coffre et retrouve Marc à la porte de la maison.

— La voie est libre. Mes parents et les tiens jouent au bridge dans la bibliothèque, quant à Jules, il est, comme à son habitude, enfermé dans sa chambre, m'apprend-il en déposant un baiser sur mes lèvres.

Nous nous rendons dans la cuisine où je déballe mes paquets sous le regard intrigué de mon homme.

— Je croyais que tu étais censée acheter les ingrédients nécessaires à la recette ?

— Même en supposant qu'un tel plat existe, je

n'avais pas la moindre chance de réussir un truc aussi compliqué que des langoustines farcies au coulis de betterave safrané et leur clafoutis d'ananas en quintessence de cassis.

Ses lèvres s'étirent en un sourire amusé.

— Non, c'est sûr. Mais j'ai pensé que tu allais peut-être tenter d'improviser ou trouver quelque chose d'approchant chez Picard.

Rien à dire, il me connaît bien. Picard était mon plan B si Adrien avait refusé de m'aider.

— J'ai fait mieux que ça. Laisse-moi te présenter mes succulentes crevettes au coulis de tomate safrané accompagnées de leur clafoutis d'ananas aux airelles, annoncé-je du ton magistral d'un présentateur télé qui introduit ses vedettes du jour.

J'ôte le couvercle en carton blanc qui protège la préparation culinaire. Aussitôt un fumet alléchant nous chatouille les narines. Marc émet un sifflement admiratif.

— Dis donc, ça a l'air super bon. Comment as-tu réussi un tel miracle ?

Je joue les offensées et plisse la bouche en une moue vexée.

— Ah bah merci pour la confiance que tu me portes. Figure-toi que j'ai contribué à préparer ce plat délicieux.

— Toi ? Tu as cuisiné cette chose appétissante ? Là, il faut que tu m'expliques.

Je devine à la lueur malicieuse qui brille dans ses iris noisette qu'il me taquine. Par principe, je lui balance malgré tout un coup de coude dans les côtes. Nous adorons nous chamailler comme des gamins.

— Si je te dévoile mon stratagème, tu promets de garder le secret ?

Il fronce les sourcils.

— Évidemment ! C'est offensant que tu en doutes !

Je lui plante un baiser sur la joue.

— Je plaisantais ! Je sais bien que tu seras muet comme une tombe.

— Alors, crache le morceau, le suspense est insoutenable.

Je ris de son impatience. Je l'aurais bien fait mariner encore un peu, mais le temps presse : il sera bientôt dix-neuf heures et le reste de la famille risque de débarquer pour l'apéritif à n'importe quel moment. Je lui détaille alors de quelle façon j'ai réussi à convaincre le chef cuisinier du Bistrot du marché de m'aider à élaborer une recette qui s'approche du plat tordu inventé par ma mère.

— Alors, tu as vraiment mis la main à la pâte ?

Je bombe le torse, fière de pouvoir, une fois n'est pas coutume, me vanter de mes exploits culinaires.

— Bien sûr ! C'est même moi qui ai émondé les tomates, ciselé le basilic et fait suer les oignons.

— Bravo, ma puce. J'étais certain que tu étais capable de mijoter des mets divins ! Il te suffisait d'un coup de pouce et de la motivation nécessaire pour sauter le pas.

Je passe une main dans mes boucles brunes.

— Oui, enfin t'emballe pas quand même. C'est Adrien, le cuistot, qui a fait la majeure partie du boulot.

— Arrête de te sous-estimer ! Tu as eu une idée géniale et en plus tu as accompli des merveilles. Je suis fier de toi.

Il s'approche, m'attrape par la taille et me soulève comme une plume pour m'asseoir sur la table de la cuisine.

— Qu'est-ce que tu fais ? Tes parents pourraient nous surprendre ! C'est…

Je n'ai pas le temps de terminer ma phrase. Il m'embrasse langoureusement. Un long baiser doux et tendre qui déclenche des milliards de frissons dans ma colonne vertébrale. Je ferme les yeux et m'abandonne au goût sucré de ses lèvres. Notre étreinte dure quelques secondes mais je voudrais qu'elle ne s'arrête jamais. Lorsque Marc y met fin, je pousse un soupir de frustration.

— On n'a pas le temps de monter s'enfermer dans la chambre ?

Ma remarque et ma mine avide lui arrachent un rire chaud.

— Eh non, il faudra patienter jusqu'à ce soir ! Pour l'instant, on doit s'occuper de transférer ton festin dans la vaisselle de ma mère, car si nos parents voient les emballages du restaurant, ils vont se douter de la supercherie.

Je sors une sauteuse du placard et y verse les crevettes et leur coulis, en prenant garde de ne rien renverser. Je transvase ensuite le clafoutis d'ananas dans un plat à four et le couvre d'une feuille d'aluminium comme me l'a conseillé Adrien, afin d'éviter qu'il ne s'assèche durant le réchauffage. Il ne me restera plus qu'à lancer la cuisson, une vingtaine de minutes avant de passer à table. Cela devrait être dans mes cordes.

Un timbre de voix aigu nous parvient de la pièce à côté. Ma mère. J'ai juste le temps d'enfouir les boîtes dans la poubelle pour faire disparaître les traces de mon stratagème, lorsque la porte s'ouvre sur Brigitte et ma génitrice. En nous apercevant, ma belle-mère a un mouvement de recul.

— Oh, vous m'avez fait peur ! Je ne pensais pas qu'il y avait quelqu'un dans la cuisine. Vous êtes revenue, Camille ? Je ne vous ai même pas entendue rentrer.

— C'est Marc qui m'a ouvert. Vous étiez en pleine partie de bridge, nous ne voulions pas vous déranger.

Elle hoche la tête et ses yeux se posent sur la sauteuse et le plat à four qui attendent sur la gazinière d'être réchauffés.

— Qu'est-ce que c'est ? demande-t-elle en s'approchant.

Je m'interpose avant qu'elle ait pu jeter un œil à l'intérieur. Je veux préserver le mystère jusqu'au dîner.

— J'ai préparé le repas de ce soir, mais c'est une surprise. Vous le découvrirez lorsque nous passerons à table.

Brigitte porte les mains à ses joues.

— Vous avez cuisiné votre spécialité ? Vos fameuses langoustines farcies au coulis de betterave safrané et leur clafoutis d'ananas en quintessence de cassis ? C'est tellement gentil ! Marc m'avait prévenue que dans un délai si court, vous ne parviendriez sans doute pas à réunir les ingrédients nécessaires.

J'adresse un discret sourire à mon chéri pour le remercier de m'avoir prévu une excuse, au cas où j'aurais souhaité me défiler.

— Votre fils avait vu juste, je n'ai pas trouvé tous les composants, alors j'ai improvisé une variante. Ce sera donc des crevettes au coulis de tomate safrané accompagnées de leur clafoutis d'ananas aux airelles.

Ma belle-mère pousse un cri d'admiration.

— Oh, ça semble divin. Vous ne voulez vraiment pas me montrer ? Je meurs d'envie de savoir à quoi peut bien ressembler ce plat au nom si prometteur.

Elle m'adresse un regard suppliant. J'étouffe un rire. On dirait une enfant devant la vitrine remplie de bonbons du boulanger. Je tiens bon et, pour faire diversion, propose que l'on s'installe au salon pour commencer l'apéritif. Sur le trajet, ma mère me glisse à l'oreille :

— Je suis navrée, ma chérie. Lorsque j'ai vanté tes compétences culinaires, je ne m'attendais pas à ce que Brigitte demande à goûter. Tes talents en la matière frôlant le zéro absolu, j'ai peur qu'on coure à la catastrophe.

Merci de ta confiance, maman !

— Ne t'inquiète pas, je m'en suis sortie.

Elle hausse un sourcil dubitatif.

— Permets-moi d'en douter. À mon grand désespoir, tu n'as pas hérité de mon don en la matière. Nous ne pouvons pas laisser notre famille se ridiculiser ainsi. Heureusement, j'ai pensé à tout. J'ai un plan pour nous sortir de ce mauvais pas. Je vais t'aider à servir et au dernier moment, je laisserai échapper le plat afin qu'il se brise au sol. Ainsi, notre réputation sera sauvée.

Je pile net, scotchée par son idée. J'ai beau savoir qu'elle cherche juste à m'aider, il me faut une volonté d'acier pour me retenir de l'étrangler. Si je la laisse faire, elle va ruiner mon délicieux dîner. J'adopte mon ton le plus sévère et gronde :

— Si jamais tu oses tenter quoi que ce soit pour saboter le repas que j'ai cuisiné, ce ne sera même plus la peine d'essayer de me déshériter : c'est moi qui entamerai une procédure pour contester ma filiation.

Elle ouvre la bouche façon huître.

— Mais, mais…

— Y'a pas de mais ! Tu restes à l'écart, un point c'est tout !

— Bon, eh bien puisque tu refuses mon aide, débrouille-toi toute seule !

— Merci !

Ameuté par le niveau sonore de notre querelle, Marc revient ses pas et nous observe avec incertitude, cherchant à déceler si un nouveau drame est en train de se jouer. Les joues colorées de colère de ma chère maman et mes narines frémissantes de fureur lui donnent un indice.

— Un problème ? s'enquiert-il, son regard passant alternativement de l'une à l'autre.

Ma génitrice m'adresse une ultime œillade courroucée, relève le menton avec dignité et rétorque d'une voix pincée avant de gagner le salon :

— Pas le moindre. J'ai hâte de déguster le dîner concocté par ma fille.

Sa sortie théâtrale me fait disjoncter et je pars dans un rire hoquetant. Mon chéri assiste à mon hilarité avec des yeux ronds comme des soucoupes.

— Je crois que j'ai dû rater un épisode… marmonne-t-il alors que nous rejoignons les autres.

L'apéritif s'avère soporifique à mourir, nos parents respectifs ayant entrepris de nous retracer dans les moindres détails leur partie de bridge de l'après-midi.

Je m'ennuie comme un rat crevé et m'occupe en engloutissant les cacahuètes à la chaîne. C'est mauvais pour ma ligne, mais c'est un cas de force majeure. Même Marc lutte pour maintenir son attention. Il hoche la tête à intervalles réguliers et ponctue d'onomatopées la conversation pour donner le change, pourtant je le connais assez pour deviner qu'il s'enquiquine un maximum. Quant à Jules, il ne cherche pas à masquer son désintérêt : il joue sur son smartphone, ce qui lui vaut des regards irrités d'Edmond chaque fois que le jeu émet un son, ce dont au demeurant le jeune homme se moque éperdument. La minuterie de mon téléphone met fin à notre calvaire : le repas que j'ai mis à réchauffer est prêt. À mon grand soulagement, ma mère va s'installer dans la salle à manger avec les autres pendant que je file à la cuisine. Je transvase les crevettes et le clafoutis d'ananas dans des plats argentés que j'ai dénichés dans un placard. Mon chéri m'aide à les transporter et je me réjouis qu'il n'ait pas prévu de les balancer par terre comme ma chère maman.

— Ça semble divin, commente Edmond en humant le fumet qui émane de son assiette.

— Je suis si impatiente de goûter votre recette, ma petite Camille !

Brigitte trépigne d'impatience sur sa chaise. La politesse lui interdit de commencer à manger avant que l'intégralité des convives ne soient servis et j'ai encore trois assiettes à remplir. Soudain, je suis prise d'un doute.

Et si c'était immangeable ?

La cuillère se met à trembler dans ma main et je manque de renverser du coulis de tomate sur la nappe blanche. Je ralentis le rythme, pour ne pas en mettre partout, mais surtout pour reculer le moment fatidique où quelqu'un s'exclamera « Mais c'est infect ! ». Les regards sont braqués sur moi tandis que, la mort dans l'âme, je repose la cuillère dans le plat. Je me rassieds et lorgne la préparation que j'ai devant moi. Ça a une bonne tête. Ça sent bon. Pourtant, au fond de moi, je suis persuadée que c'est immonde. La malédiction culinaire familiale a encore frappé. N'y tenant plus, Brigitte outrepasse les règles de bienséance et porte sa fourchette à sa bouche avant que je ne goûte. Mes mâchoires se crispent. La sentence va tomber. Les yeux de ma belle-mère s'arrondissent. Elle mâche avec application et déglutit lentement.

Je le savais, c'est dégueulasse !

Mes yeux s'humidifient et je cligne des paupières pour ravaler mes larmes. Hors de question de me donner en spectacle. Je vais encaisser l'humiliation avec dignité.

— C'est exquis !

Hein ?

Je redresse la tête et fixe ma belle-mère sans comprendre. Mes oreilles ont dû me jouer un tour. Je suis dans le déni au point de déformer la réalité. Je murmure d'une voix mal assurée :

— Qu'avez-vous dit ?

Le visage anguleux de Brigitte s'éclaire d'un sourire radieux.

— J'ai dit que c'était exquis. Vous nous avez gâtés, cette recette est une merveille.

À mon immense surprise, ma propre mère y va elle aussi de son compliment. Enfin, un compliment à sa façon.

— Ma chérie, c'est suc-cu-lent ! Je savais bien que tu avais hérité de mes talents culinaires !

Sous une pluie de louanges (j'ai même droit à un « Putain de sa race ! Ça déchire grave ! » de la part de Jules), je goûte une crevette et du coulis. La saveur explose dans ma bouche. Un mélange d'arômes de sous-bois et de notes vertes rappelant l'herbe coupée chatouille mes papilles. Le clafoutis d'ananas me surprend tout autant par son goût à la fois sucré et acidulé. Pas de doute, c'est une réussite. Une bouffée de gratitude m'envahit.

Merci Adrien !

Dès mon retour à Perclin, je rédigerai une critique gastronomique dithyrambique sur le Bistrot du marché et l'enverrai au Gault et Millau et au Guide Michelin. Avec un peu de chance, mon statut de journaliste attirera leur attention et ils se déplaceront pour juger par eux-mêmes du génie culinaire dont fait preuve ce jeune chef cuisinier.

20

Je relis pour la dixième fois la page cent quarante-sept de mon roman. En temps ordinaire, les livres de Guillaume Musso me captivent au point que j'en oublie mon environnement. Aujourd'hui, je suis si contrariée d'être coincée ici que je ne parviens pas à me concentrer sur ma lecture. Dix-sept heures sonnent à la vieille horloge du salon. Je pousse un soupir. Je n'ai pas réussi à m'échapper de la journée, alors que nous repartons demain. Après trois jours passés à fuir mes proches pour mener mes investigations, je ne pouvais pas encore leur faire faux bond aujourd'hui. Depuis ce matin, je nourris l'espoir qu'une opportunité de filer en douce se présentera. Hélas, rien de tel ne s'est produit. Moralité : mon enquête est un fiasco. Je n'ai pas eu le temps d'approfondir mes recherches sur Vincent Guichard, le neveu de Fernand. Je ne sais même pas par où commencer ! Et le mystère concernant le mariage de Lucie reste entier. Même si je n'ai pas eu de nouvelles des gendarmes depuis la saisie du sachet de mort-aux-rats, je ne suis pas rassurée pour autant. Dans mon cas, je ne pense pas que l'expression « Pas de nouvelle, bonne nouvelle » soit pertinente. Je crains qu'il ne s'agisse plutôt de « Pas de nouvelle, prison à perpétuité en perspective ». Incapable de rester inactive plus longtemps, je pose mon bouquin et monte dans notre chambre.

Je m'installe sur le lit à baldaquin et sors mon calepin du tiroir de la table de nuit. Je relis la liste des personnes résidant à Vazalot dans les années 1970, que m'a établie Yoann. Je peux éliminer sa famille et les Postant des suspects. Cela me laisse dix noms : Granger, Duchemin, Maheut, Leroy, Ronhou, Sénéchal, Legrand, Tranoy.

Il est illusoire de penser que j'aurai le temps de les interroger d'ici mon départ. Et comme me l'a fait remarquer Yoann, l'assassin a très bien pu se procurer le raticide à l'extérieur du village. Alors, autant chercher une aiguille dans une meule de foin. D'un geste rageur, j'arrache la page de mon bloc, la froisse en une boule compacte et la balance de toutes mes forces dans un coin de la pièce.

C'est foutu, je ne résoudrai pas ce crime et c'est moi qui vais porter le chapeau !

Je laisse tomber ma tête sur l'oreiller et fixe le plafond, en proie à une intense agitation intérieure. Je tente de mettre au clair mes pensées, ce qui n'est pas aisé vu que tout se bouscule dans mon crâne. Je me redresse, saisis mon carnet et mon stylo et entreprends de poser sur le papier ce que j'ai appris depuis mon arrivée.

Suspect principal : le neveu de la victime.
Mobile : l'héritage.
Probabilité de culpabilité : moyenne (héritage faible, donc motivation pour un meurtre discutable).

Alibi : aucun. Était présent lors de la soirée du meurtre.
Suspects secondaires : les personnes habitant Vazalot depuis les années 1970.
Questions connexes non élucidées : mariage mystérieux préparé par Lucie. Y a-t-il un lien avec le crime ?

Je pose mon crayon et relis ma liste. Ce n'est guère brillant. Je n'ai aucune chance de convaincre les gendarmes de mon innocence avec si peu d'éléments. Vu le temps qu'il me reste, je dois abandonner l'idée d'investiguer chacun des individus recensés par Yoann, d'autant que je ne les connais même pas. Enfin, si, j'en connais un. Ou plutôt une. Lucie. Lucie, dont les parents ont emménagé ici en 1976. Lucie, qui est si prompte à m'accuser du crime. Lucie, qui a approché la coupe de champagne empoisonnée le soir du meurtre. Lucie, qui choisit des alliances et des dragées alors qu'elle n'a aucun amoureux connu. Son nom revient encore et toujours dans cette histoire. Je ne crois pas aux coïncidences. Quel rôle joue-t-elle dans cette affaire ? Je n'en sais rien, mais j'ai bien l'intention de le découvrir avant de croupir au fond d'une cellule de prison. Tant pis si les parents de Marc et les miens s'offusquent de me voir une nouvelle fois quitter la maison, je dois élucider le mystère entourant la cinglée rousse.

Je dévale les escaliers quatre à quatre et passe une tête dans l'embrasure de la porte de la bibliothèque, où Marc joue aux échecs avec son père.

— Je t'emprunte ta voiture, je vais faire une course, annoncé-je à l'attention de mon cher et tendre.

Il repose le fou qu'il tient à la main et ses yeux chocolat s'écarquillent, laissant apparaître les paillettes de vert qui les parsèment.

— Encore ? Tu es déjà allée au centre commercial hier !

— Cas de force majeure, on a plus de bière ! claironné-je en tournant les talons avant qu'il n'ait le temps d'objecter que le frigo est plein à craquer de bouteilles de Leffe.

J'attrape les clés de l'Audi sur la commode de l'entrée, enfile ma parka et mon écharpe pour me protéger du vent qui tempête depuis ce matin et claque la porte derrière moi.

Je m'engouffre dans la voiture et mets le cap sur le centre du village. J'aurai pu m'y rendre à pied, mais mon excuse n'aurait plus été crédible puisqu'il n'y a pas d'épicerie à Vazalot. Je trouve sans difficulté une place dans une rue adjacente à celle où se situe le Café de la Place et, si j'en crois les dires de Yoann, la maison de Lucie. Étant donné l'infraction que je m'apprête à commettre, je préfère éviter de passer devant le bar de mon avocat. Je fais donc un détour et pénètre dans la rue par le bout opposé. Grâce à la température glaciale et aux bourrasques de pluie, les lieux sont déserts et je peux donc scruter à mon aise chaque boîte aux lettres afin de déchiffrer l'identité de son propriétaire. Maheut, Nogueira, Derrot, Piquet, Michel, Deschamps… Je suis sur le point de croire que Yoann m'a baratinée, lorsqu'enfin je discerne le nom que je cherche. Tranoy Lucie. La maison recouverte de crépi blanc, de plainpied, est de taille modeste. Autour, une courette envahie de mauvaises herbes laisse supposer que sa propriétaire a d'autres passions que le jardinage. Derrière la double grille en métal vert, une allée permet de garer un véhicule. À mon grand soulagement, elle est vide. J'avais misé sur le fait qu'à cette heure-ci, Lucie ne serait pas encore rentrée du boulot. Si je m'étais plantée, mon plan tombait à l'eau. Toutefois, la propriétaire peut revenir d'un instant à l'autre, je n'ai donc pas de temps à perdre. Je tourne la tête à gauche et à droite pour vérifier que personne ne risque de me surprendre avant de tourner la poignée du portail. Miracle, ce n'est pas fermé à clé. En ville, un tel phénomène serait inimaginable, en revanche à la campagne, point de délinquant à craindre. Enfin, à part moi. Je me faufile dans la cour et fais le tour, ainsi je ne suis plus visible de la rue. L'arrière de la maison compte deux fenêtres entourées d'un châssis en bois marron. Je mets mes mains en visière et regarde à travers les vitres. La première donne sur une salle de bains vétuste et la seconde, sur la cuisine. Au ras du sol, je remarque une troisième fenêtre rectangulaire, aux dimensions réduites, qui s'ouvre avec un abattant. Je m'accroupis pour l'examiner de plus près. Il s'agit de la lucarne du sous-sol. Le cadre en bois est en mauvais état. Je passe mes doigts autour et exerce une pression. L'abattant se décolle d'un millimètre. Je hoche la tête, satisfaite. Il paraît suffisamment fragile pour que je puisse l'enfoncer. Si cela ne fonctionne pas, je serai contrainte de casser un carreau. Connaissant ma maladresse légendaire, je préférerais éviter d'en arriver à cette extrémité. Je serais fichue de me blesser et de me vider de mon sang dans la demeure de mon ennemie. Je m'assieds sur les pavés, me penche en arrière et ramène mes genoux vers moi. Je lance ma jambe en avant de toutes mes forces contre le cadre de la fenêtre. Le châssis en bois tremble sous l'assaut mais ne cède pas. Je fais une nouvelle tentative. Cette fois, le battant s'écarte de deux centimètres dans un bruit de métal rouillé. Je prends le pari que le loquet est en train de lâcher, alors je n'abandonne pas. Je balance mon pied avec toute la vigueur dont je suis capable. Le ventail cède dans un fracas de bois brisé.

Victoire !

Un coup d'œil à l'intérieur me permet de distinguer un lave-linge à environ un mètre cinquante sous le soupirail que je viens de défoncer. Voilà qui devrait limiter ma chute. L'espace est juste assez large pour que je m'y faufile. Je passe mes mollets par l'ouverture et progresse en douceur, les mains fermement accrochées au haut du passage improvisé. Je me trouve maintenant en équilibre sur le bord et je prie pour que mes forces ne me trahissent pas. Je contracte mes biceps et, telle un athlète aux jeux Olympiques, descends à la force de mes bras aussi loin que je le peux. Je me lâche et ne peux retenir un cri lorsque je me sens partir dans le vide. La chute ne dure qu'une seconde. Mes pieds rencontrent le plastique de la machine à laver. J'amortis le choc avec les genoux et lutte pour garder mon équilibre. Je me rattrape de justesse à un tuyau que ma bonne étoile a placé au-dessus de ma tête. Une fois stable, je saute au sol. Mon cœur bat à cent à l'heure. J'inspire une grande bouffée d'air pour faire redescendre mon niveau d'adrénaline. À part un vol de sucette à l'âge de cinq ans à la boulangerie, je n'ai jamais commis le moindre délit. Et me voilà qui joue les cambrioleuses. J'intime l'ordre à ma mauvaise conscience de se taire – j'agis pour la bonne cause – et je débute mon inspection.

À droite de la pièce, un évier en émail blanc hors d'usage est rempli de déchets en tout genre : vieilles bouteilles, chaussures éventrées, outils rouillés... Une vraie déchetterie souterraine. J'examine les trois grands placards gris qui garnissent le mur du fond. Ils sont remplis de conserves, packs de lait et autres stocks alimentaires. J'ai trouvé le lieu où Lucie range ses courses.

Génial, voilà qui va m'aider à progresser dans mon enquête !

Je chasse mes idées noires et grimpe à l'étage. L'escalier de la cave débouche sur la cuisine. Cette dernière ne m'apprend rien de particulier, si ce n'est que la rouquine déteste faire le ménage : des assiettes sales s'entassent dans l'évier, le plan de travail est couvert de taches séchées et des miettes de pain jonchent la table en formica jaune. Je ne sais pas à quoi elle occupe ses journées, mais certainement pas à récurer son logis. J'ouvre les tiroirs, inspecte le contenu des meubles, sans rien découvrir d'intéressant.

Le séjour est meublé d'un canapé à fleurs dans les tons roses, d'une table basse Ikea des plus basiques, d'une bibliothèque et d'une commode sur laquelle des cadres photos prennent la poussière. La pièce est glauque et j'ai presque pitié pour la propriétaire des lieux. On ne peut pas dire que son logement soit très accueillant. Je farfouille parmi les livres qui garnissent les étagères de la bibliothèque. J'y déniche plusieurs ouvrages de droit, vestiges du temps où Lucie était étudiante, un bouquin intitulé *Cessez de faire fuir l'amour* (tout un programme) et des romans policiers. Là encore, aucun indice susceptible de faire progresser mon enquête.

Je m'empare des photographies posées sur la commode. La première représente une Lucie âgée d'une quinzaine d'années, sur un bateau avec ses parents. Ses cheveux, plus longs qu'aujourd'hui, virevoltent autour d'elle. Elle présente à l'objectif un sourire radieux orné de bagues métalliques. Si je ne connaissais pas la garce qu'elle est devenue une fois adulte, je pourrais me laisser attendrir par cette gamine à l'innocence juvénile. Je repose le cadre et porte mon attention sur le second. Je fronce les sourcils. Cette fois, la rouquine est plus vieille, vingt ans environ. Elle pose en minishort de jean, des étoiles plein les yeux, un bras autour des épaules d'un homme. Marc. Je secoue la tête, incrédule face à l'image que je tiens à la main. Elle est restée en couple avec lui six mois et pourtant, elle affiche sa photo dans son salon. Elle est encore plus entichée de lui que je ne le pensais.

L'heure tournant, je continue mon exploration par la salle de bains. Vieille, moche et sale sont les trois adjectifs qui me viennent à l'esprit face aux carreaux bleu délavé, au rideau de douche moisi et au lavabo parsemé de cheveux. En revanche, le meuble accroché au mur déborde de produits de beauté de grandes marques. Chacun ses priorités…

Un étroit couloir au papier peint décollé mène à une porte fermée. Je devine qu'il doit s'agir de la chambre, car c'est la dernière pièce qu'il me reste à visiter. Je tourne la poignée en céramique blanche. Le choc est tel que je titube sous l'effet de la surprise. J'ai le tournis et je dois m'appuyer contre le chambranle avant de perdre l'équilibre. Ce que j'ai sous les yeux dépasse l'entendement. Un mur entier est recouvert de centaines d'articles de journaux, de plusieurs dizaines de photographies, de lettres manuscrites et de feuilles recouvertes du même mot écrit au feutre rouge : Marc, Marc, Marc, Marc, Marc, Marc... Chaque coupure de presse est signée Marc Postant, chaque photo le représente, les lettres sont remplies de déclarations d'amour qui lui sont destinées. J'ai devant moi un mémorial dédié à l'homme qui partage ma vie. Lucie a découpé soigneusement ses meilleurs papiers éditoriaux et chroniques journalistiques. Elle a conservé tous les clichés qu'elle possède de lui depuis quarante ans. Certains sont récents et je me demande comment elle est parvenue à se les procurer. Aurait-elle fouillé les albums de Brigitte et Edmond ? Je parcours d'une lecture rapide les lettres d'amour. Les premières remontent au milieu des années 1980. Des tonnes de courriers rédigés chaque mois depuis trente ans. Pourquoi ne les a-t-elle jamais envoyés à leur destinataire ? Je l'ignore. Mais une chose est sûre, cette fille est totalement obsédée par Marc. Un frisson me parcourt l'échine. J'ai l'impression de visiter l'antre d'un serial killer rempli des trophées de ses victimes. À la gauche du mur, une carte attire mon attention. Je m'approche et ôte la punaise qui la retient. Sur la première page, une aquarelle représente un homme en costume noir et une femme en robe blanche. Je retiens mon souffle. J'ai dans la main le faire-part de mariage qu'organise Lucie. Avant même d'ouvrir le livret, au plus profond de mon être, je sais ce que je vais y découvrir. Je l'ai deviné à l'instant où j'ai franchi le seuil de cette pièce. Un froid glacial m'envahit alors que, d'une main tremblante, je tourne la page cartonnée.

Lucie et Marc, entourés de leurs parents, ont l'immense plaisir de vous convier à leur mariage civil le 27 janvier 2020, à la mairie de Vazalot. La cérémonie sera suivie d'un vin d'honneur au restaurant de La Villa daquoise à Strasbourg.

Je lâche le document qui tombe à mes pieds. J'ai la chair de poule, je ne parviens plus à respirer. Je me précipite dans la salle de bains et m'asperge le visage d'eau. Je m'appuie sur le rebord du lavabo et tente de recouvrer mes esprits. Les pièces du puzzle s'assemblent dans ma tête. Je ferme les yeux. Quand je les rouvrirai, je serai au fond de mon lit, à Perclin, avec mon chéri à mes côtés et tout ceci n'aura été qu'un affreux cauchemar. Je compte jusqu'à dix et soulève mes paupières. Point de miracle. Le carrelage bleu délavé me ramène à la réalité. Une réalité dans laquelle l'ex de Marc est obsédée par lui au point de commettre un meurtre. Lorsqu'elle m'a découverte dans le salon des Postant, elle a élaboré un plan machiavélique pour se débarrasser de moi. Car je lui mettais des bâtons dans les roues. Dans son cerveau malade, elle s'est imaginé que Marc allait l'épouser. Or, bien sûr, avec moi dans le paysage, ce mariage était impossible. Alors, elle s'arrange pour que nous participions à la soirée de Noël organisée par la mairie. Avait-elle prévu, dès cet instant, de me faire accuser d'un homicide ? Ou bien cette idée monstrueuse lui est-elle venue plus tard ? Je l'ignore. Ce qui est certain, c'est que d'une façon ou d'une autre, elle devait me mettre hors d'état de nuire. Alors, elle s'est débrouillée pour me présenter les amis de sa grand-mère et a proposé que nous allions chercher du champagne. Elle avait tout planifié dans les moindres détails. Elle est allée jusqu'à convaincre un gamin de renverser un serveur afin qu'elle puisse profiter de cette diversion pour répandre du cyanure dans l'une des coupes. Depuis le début de cette affaire, je ne comprenais pas comment l'assassin avait pu viser Fernand Guichard alors que c'était moi qui lui avais tendu son verre. J'aurais tout aussi bien pu le servir à Raymond. Mais ce n'était pas un problème pour Lucie. Car la cible de son plan, c'était moi. Peu importait qui, de Fernand ou de Raymond, boirait le liquide empoisonné. Elle avait juste besoin d'un mort. Et quoi de mieux pour cela que deux petits vieux atteints d'un cancer, à qui il ne restait que quelques mois à vivre ? Sans doute que de les savoir condamnés rendait son acte plus acceptable à ses yeux.

Je suis de nouveau secouée de tremblements en pensant au vieil homme qu'elle a sacrifié pour parvenir à ses fins. Je sais maintenant avec certitude que le sachet de mort-aux-rats retrouvé chez Brigitte et Edmond provient en réalité de chez les Tranoy. La cinglée rousse a déniché ce poison dans la maison de ses parents, s'en est servie pour accomplir sa sale besogne puis, lorsque son piège s'est refermé sur moi, l'a planqué dans le jardin des Postant.

Une fois le choc passé, l'effroi fait place à la rage. Hors de question que cette dingue s'en tire ! Je fonce dans la chambre, dégaine mon smartphone et prends des photos du mur. J'immortalise les coupures de journaux, les lettres, le faire-part… Ces preuves me seront nécessaires pour démontrer sa culpabilité. Je quitte ensuite la maison, en empruntant le même chemin qu'à l'aller, et regagne ma voiture.

21

Une fois dans l'Audi, je réfléchis à la conduite à tenir. Si je file bille en tête à la gendarmerie, je doute de parvenir à convaincre l'adjudant Merlot d'inculper sa cousine. Au contraire, vu la haine qu'il semble me vouer, il se fera un plaisir de me coffrer pour avoir pénétré par effraction chez elle et je vais me retrouver pour de bon derrière les barreaux.

Je me gratte la tête. La situation est complexe et je n'ai pas le temps d'y réfléchir maintenant. Le mieux est que je prévienne Marc et que l'on décide ensemble de la conduite à adopter. Et tout au fond de moi, je me réjouis de lui prouver que son ex n'est pas seulement une pauvre fille malheureuse mais unc véritable psychopathe. Je tourne la clé de contact et enclenche la première.

Lorsque j'arrive devant la maison des Postant, j'ai la mauvaise surprise de constater que ma place de stationnement est occupée par une antique Peugeot 205 bleue.

Merde, j'espère qu'ils n'ont pas de la visite, ce n'est pas le moment !

Je me gare devant le garage de mes beaux-parents dans lequel j'aperçois, par la porte ouverte, leur berline grise. Je doute qu'ils ressortent à cette heure-ci, donc je ne devrais pas les gêner. Lorsque je pénètre dans la maison, un brouhaha de conversations me parvient du salon. J'ôte ma parka et l'accroche sur la patère du hall. Qui que soit leur visiteur, je suis bien déterminée à révéler la vérité à Marc, dussé-je le traîner de force dans notre chambre.

D'un geste résolu, je tourne la poignée en laiton et entre dans le salon. Mon cœur fait un bond dans ma poitrine. Je cligne des yeux, incrédule. Assise dans le canapé en tissu rouge et or, Lucie est en pleine discussion avec ses hôtes. Marc, Brigitte, Edmond, mes parents et même Jules. Ils sont tous rassemblés autour d'un thé et de gâteaux secs. La rouquine rit aux éclats à une réflexion de mon beau-père. Son hilarité disparaît à l'instant où elle m'aperçoit. Elle me fixe d'un œil assassin. Inconscient de la tension qui vient de monter d'un cran, Edmond m'accueille d'un ton jovial.

— Ah, Camille, vous voilà de retour. Venez donc vous installer avec nous ! Je vous sers une tasse d'earl grey ?

Je me raidis. Je n'avais pas prévu la tournure des événements. Il est hors de question que j'avale quoi que ce soit en compagnie d'une empoisonneuse. Dieu sait ce qu'elle serait fichue de glisser dans ma boisson.

— Non, merci, je n'ai pas soif.

Je rive mes yeux aux iris noisette de Marc.

— Je peux te parler seule à seul ?

Il hausse le sourcil droit, signe chez lui d'une profonde perplexité.

— Maintenant ?

— Oui, maintenant, c'est urgent !

Ma voix grimpe dans les aigus, m'attirant des regards surpris. Une ride barre le front de mon chéri. Il devine que quelque chose cloche.

— Allons dans la chambre, alors, propose-t-il en s'extrayant de son fauteuil.

Il a à peine le temps de faire un pas dans ma direction que Lucie bondit à son tour sur ses pieds.

— Je suis sûre que ça peut attendre ! De toute façon, je ne vais pas tarder à partir. Mais avant, je dois t'offrir mon cadeau de Noël !

Elle fouille dans la poche de sa veste en cuir et en sort une enveloppe blanche qu'elle brandit devant Marc avec un sourire enjôleur. Le visage de ce dernier passe de la surprise à l'hésitation.

— Tu m'as acheté un cadeau ?

Ravie de son effet, la peste rousse minaude un « oui » dans un battement de cils digne de Minnie Mouse. Mon envie de lui arracher les cheveux me sort de la torpeur dans laquelle son intervention m'avait plongée.

— Tu l'ouvriras plus tard, je dois vraiment te parler. Tout de suite !

L'urgence qui perce dans ma voix n'échappe pas à Marc. Je le fixe avec toute l'intensité dont je suis capable. Il hoche la tête à mon intention, avant de se tourner vers son ex.

— Lucie, c'est très gentil à toi de m'avoir apporté un présent. Je le déballerai dès que j'aurai pu discuter avec Camille.

Il fait un nouveau pas dans ma direction.

— Non ! hurle son ex. J'étais là avant elle ! Elle patientera !

Sans lui laisser le temps de réagir, elle déchire l'enveloppe et en extrait deux billets de spectacle qu'elle tend à Marc.

— Tiens, ce sont des places pour le prochain concert de The Cure. C'était notre groupe préféré quand on était étudiants. Alors, on va s'y rendre ensemble, comme au bon vieux temps !

Il reste les bras ballants et la dévisage, ébahi. Il observe un court silence avant de reprendre la parole d'un ton déconcerté.

— Écoute, je suis très touché que tu aies pensé à moi. Mais je me vois mal assister à ce genre d'événement sans Camille. Peut-être qu'on pourrait racheter une troisième place ?

Le reste de la famille, toujours enfoncé dans les fauteuils et le canapé, observe la scène dans un mutisme médusé. Les yeux noirs de Lucie deviennent durs comme de l'acier et elle serre les poings si fort que les tickets qu'elle tient à la main se froissent.

— Sûrement pas, vocifère-t-elle. On n'a pas besoin de cette conne ! De toute façon, tu seras bientôt débarrassé d'elle ! Elle va pourrir en prison, cette sale meurtrière !

Mon sang ne fait qu'un tour. C'en est trop ! Je pointe un doigt accusateur vers mon ennemie.

— C'est toi la coupable ! J'ai découvert le mémorial dédié à Marc dans ta chambre. J'ai tout photographié, les articles de presse, les lettres d'amour, les clichés de lui et surtout votre faire-part de mariage !

Les traits déformés par la haine, Lucie éructe :

— Tu as osé pénétrer chez moi, sale fouineuse ?

Avant que j'aie le temps de répliquer, mon chéri me coupe la parole en dévisageant son ex d'un air rude.

— Quel faire-part de mariage ? Qu'est-ce que c'est que cette histoire ?

Ses sourcils sont si froncés qu'un profond sillon s'est formé entre eux. Hors de question de laisser à la cinglée l'opportunité de l'embobiner avec un mensonge. Je rugis avec un débit ultra rapide et les mots se bousculent dans ma bouche.

— Elle a assassiné Fernand Guichard pour se débarrasser de moi ! Elle est persuadée que tu vas l'épouser. Elle a même fait imprimer des faire-part de mariage. Regarde, j'ai des preuves !

Je tire mon smartphone de ma poche, affiche les clichés qui étayent mes affirmations et les montre à Marc. Au fur et à mesure que les images défilent, son corps se raidit. Debout face à nous, Lucie, droite comme un piquet, semble prête à exploser. Je devine que la seule chose qui la retient, c'est l'espoir que son amour de jeunesse va balayer mes preuves d'un revers de main et se jeter dans ses bras. Au lieu de ça, il relève la tête, la fixe avec incrédulité et demande d'un ton froid :

— C'est vrai ?

La rousse se précipite vers lui et serre ses doigts autour de ses poignets.

— J'ai fait tout ça pour toi ! Je t'aime ! Et je sais que toi aussi tu m'aimes. C'est cette salope qui t'aveugle !

Marc la repousse brutalement.

— Tu as assassiné un homme de sang-froid ! Et tout ça parce que tu crois que je t'aime ? Mais tu es cinglée !

Le bruit d'une tasse en porcelaine qui se brise ponctue sa déclaration. Brigitte pousse un cri et porte les mains à sa bouche. À côté d'elle, livide, ma mère tremble comme une feuille.

— Ça suffit, j'appelle les gendarmes ! s'exclame Edmond en se levant d'un bond.

Le hurlement de Lucie le fige sur place.

— Non ! Vous ne bougez pas !

Avec stupéfaction, je la vois plonger la main dans sa veste et en sortir un revolver, qu'elle pointe sur mon beau-père. Ce dernier ne se démonte pas et déclare d'une voix calme, presque paternelle :

— Range ce jouet, Lucie, tu vas blesser quelqu'un. C'est fini maintenant. Tu dois te rendre à la police. Je suis sûre que les juges comprendront que tu es malade et que tu bénéficieras des soins dont tu as besoin.

La rousse ricane et agite son flingue.

— Ce n'est pas un jouet ! Vous seriez surpris de savoir ce qu'on peut acheter au marché noir dans certains quartiers de Strasbourg ! Alors, vous posez votre cul sur le canapé avant que je m'énerve pour de bon !

Edmond blêmit et obtempère sans un mot, pendant que sa femme sanglote, les doigts serrés en une prière muette. Je jette un coup d'œil à mes parents. Ma mère est blanche comme un linge et son mari lui a saisi une main qu'il tient entre ses paumes, en lui murmurant des paroles apaisantes.

Marc profite de la diversion créée par son père pour se jeter sur son ex. Sous le choc, elle s'affale au sol mais ne lâche pas son arme. Je me précipite pour prêter main-forte à mon chéri. Le temps que je contourne le fauteuil derrière lequel ils ont roulé, la criminelle lève le bras et assène un violent coup de crosse sur la tête de son assaillant. J'assiste, impuissante, à la scène et vois son corps s'affaisser. Paralysée par l'angoisse, je fixe la poitrine de l'homme de ma vie, cherchant à détecter un mouvement.

Mon Dieu, faites qu'il ne soit pas mort ! Je ne pourrai pas vivre sans lui.

Lorsque son buste se soulève, me prouvant qu'il respire encore, des larmes de soulagement perlent au coin de mes paupières. Malheureusement, mon réconfort est de courte durée. Lucie colle le canon de son revolver sur la tempe de Marc.

— Si je ne peux pas l'avoir pour moi, alors je préfère qu'il meure. Et la balle suivante sera pour moi, comme ça, nous serons réunis pour l'éternité, proclame-t-elle d'une voix tremblante.

Brigitte pousse un faible gémissement.

— Lucie, je t'en supplie, ne fais pas ça. Ne nous prive pas de notre fils. Il est ce que nous avons de plus cher…

La fin de sa phrase se perd dans un sanglot.

— Moi aussi, il est tout ce que j'ai ! Et cette salope me l'a volé !

Elle se relève, me foudroie d'un regard empli de haine et poursuit :

— D'ailleurs, avant de me donner la mort, je vais t'envoyer en enfer, toi aussi !

Cette fois, c'est au tour de ma mère de hurler :

— Noooon pas ma petite fille !

J'ai les jambes en coton, mon rythme cardiaque s'affole et mes tempes pulsent sous l'afflux sanguin. Si je ne trouve pas un moyen de l'arrêter, et vite, cette dingue va tous nous tuer. Je contemple l'homme que j'aime, qui gît, inerte, sur le carrelage beige.

— Je te le laisse, dis-je d'une voix enrouée par la peur.

Lucie fronce les sourcils.

— Quoi ?

— Je te le laisse, répété-je avec plus de fermeté. Je préfère le savoir en vie avec toi, que mort. Alors, je renonce à lui. Tu peux l'avoir pour toi toute seule.

Son front se plisse. Elle réfléchit un instant à ma proposition.

— Il a affirmé qu'il ne m'aimait pas. Ça ne sert à rien.

Je secoue la tête.

— Tu te trompes. Il a dit ça à cause de moi. Tu as raison, je l'ai rendu aveugle. Une fois que je ne serai plus là pour le détourner de toi, il réalisera que tu es la femme de sa vie.

Une lueur d'intérêt s'allume dans les yeux noirs de mon interlocutrice. Pourtant, elle hausse les épaules.

— C'est sans espoir. Les flics nous poursuivront.

— Pas si vous quittez le pays. Si tu as réussi à dégoter un flingue, je suis sûre que tu peux vous procurer de faux papiers. Et même si ce n'était pas le cas, le temps que les gendarmes se décident à alerter Interpol, vous aurez passé la frontière depuis belle lurette !

Elle se mordille les lèvres, en proie à une réflexion intense. Je tente un nouvel essai pour la convaincre.

— Tu n'as qu'à prendre notre voiture. C'est une Audi A5, elle roule vite. Avec ça, tu seras à la frontière allemande en moins de deux.

— Et comment je le transporte jusqu'à votre véhicule ? m'interroge Lucie en désignant le corps inanimé de Marc d'un geste du menton.

— Je vais t'aider à le porter.

Elle hoche la tête d'un air satisfait.

— Peut-être que ton plan peut fonctionner. Mais je te

préviens, je t'ai à l'œil. Si tu tentes le moindre truc, je te colle une balle entre les deux yeux.

Elle pointe son revolver vers moi pour me signifier qu'elle ne plaisante pas. Les poils de ma nuque se hérissent. La tension électrique dans l'air est palpable. Je déglutis et acquiesce en silence.

— Vous, debout ! ordonne-t-elle à l'attention des cinq témoins, qui assistent, terrifiés, à notre échange.

— Qu'attends-tu d'eux ? demandé-je, inquiète à l'idée qu'elle puisse leur faire du mal.

— Je vais les enfermer dans la cave. Comme ça, je serai certaine qu'ils n'appelleront pas les flics avant que je sois loin d'ici.

Sa déclaration me confirme ce que je supputais : dès que nous aurons installé Marc dans la voiture, elle me tuera. Elle ne peut pas courir le risque que je prévienne la police. Je réprime un frisson face à cette effrayante perspective.

Allez, Camille, ce n'est pas le moment de flancher !

Voyant que ni mes parents, ni les trois membres de la famille Postant n'ont effectué le moindre mouvement, Lucie s'égosille en agitant son arme dans leur direction.

— Vous êtes sourds ou quoi ? J'ai dit debout. Toi, la salope, rends-toi utile et ouvre la porte de la cave.

J'encaisse l'insulte sans broncher. Brigitte me lance un regard suppliant.

— Camille, pourquoi faites-vous ça ? On ne peut pas laisser cette folle s'enfuir avec notre Marc.

Sa voix chevrote sous le coup de l'émotion et de la peur. Son mari lui prend le poignet.

— Allez, mon ange, viens. Je suis certain qu'il n'arrivera rien à notre fils.

Je devine à son débit saccadé qu'il ne croit pas un mot de ce qu'il affirme et essaye juste de rassurer son épouse. Ils se lèvent, suivis par Jules et mes parents. Ma mère chancelle sur ses jambes et un bref instant, je crains qu'elle ne s'écroule. Heureusement, mon père passe un bras sous ses épaules pour la soutenir.

— Ma chérie, je t'aime si fort, me murmure ma maman, comme si elle craignait de ne plus jamais me revoir.

Je ravale les larmes qui me montent aux yeux. Je lui adresse un pauvre sourire et articule, d'un ton rauque.

— Je sais. Moi aussi je vous aime.

La cinglée rousse ricane d'un rire moqueur.

— Oh, comme c'est touchant, ce sentimentalisme mièvre. Et maintenant, enferme-les comme je te l'ai demandé, avant que je m'énerve.

J'obtempère et retourne dans le hall pour déverrouiller l'accès aux escaliers de la cave. Sous la contrainte de l'arme de notre ravisseuse, mes proches me rejoignent.

— Allez ! leur enjoint Lucie en désignant les marches en pierre qui s'enfoncent sous la maison.

Edmond et Jules aident Brigitte, qui semble à bout de forces, à descendre. Après un dernier regard, mes parents disparaissent à leur tour dans l'obscurité souterraine que peine à éclairer la maigre ampoule fixée au mur. Lorsqu'elle est certaine qu'ils sont en bas et ne risquent pas de tenter une sortie, Lucie claque la porte derrière eux et tourne la clé dans la serrure.

22

De retour dans le salon, Lucie m'ordonne d'attraper les jambes de Marc et de passer devant pendant qu'elle-même se charge de le soulever par les bras. Pour ce faire, elle est contrainte de lâcher son arme, qu'elle glisse dans la ceinture de son pantalon, sans doute pour pouvoir la sortir rapidement si je venais à me rebeller. Même à deux, transporter un corps masculin d'un mètre quatre-vingts, dont les muscles témoignent de l'efficacité de trois séances hebdomadaires au club de gym, ne s'avère pas une tâche aisée. Je souffre d'autant plus que voir l'homme que j'aime évanoui de la sorte, et à la merci d'une meurtrière folle à lier, me torture au plus profond de mon être. Chacune de mes cellules me hurle de lui porter secours. Je lutte contre l'envie de l'embrasser jusqu'à ce qu'il reprenne conscience. Si je me laisse aller à mes sentiments, je signe notre arrêt de mort.

Ainsi chargées, nous suons, haletons et progressons mètre par mètre. Nous marquons une pause dans le hall afin d'ouvrir la porte d'entrée et de reprendre notre souffle. Lorsque je vois notre tortionnaire se plier vers l'arrière, les mains sur les reins, et tenter de détendre son dos, j'envisage de me jeter sur elle. La force de l'assaut, combinée à l'effet de surprise, me donneraient une infime chance de la déstabiliser et d'avoir le dessus avant qu'elle ne parvienne à dégainer son flingue. Je repousse l'idée qui, bien que tentante, comporte trop d'aléas. Je ne suis pas armée et je doute de ma capacité à triompher d'un combat à mains nues.

Patience, Camille.

— Bon, tu te magnes ?

Lucie me fixe de ses prunelles obscures au fond desquelles danse une lueur de folie. Elle a repris sa position et attend que je me décide à saisir les mollets de notre cargaison humaine. Je résiste à la tentation de lui cracher ma haine au visage et m'astreins à obéir avec docilité. Je m'engage dans l'allée qui mène au garage, devant lequel notre voiture est stationnée. Nous nous arrêtons à un mètre du véhicule et déposons avec précaution notre chargement au sol. Je fouille dans la poche de mon jean, en sors la clé de contact et déverrouille les portières.

— Il vaudrait mieux que ce soit toi qui commences, dis-je en examinant tour à tour l'habitacle et le corps étendu à mes pieds. Si on rentre d'abord ses jambes, son crâne risque de heurter le bitume. Vu le coup sur la tête qu'il a reçu, un nouveau traumatisme pourrait endommager son cerveau.

Elle fronce les sourcils, en proie à une intense réflexion. Je devine qu'elle n'apprécie guère que je m'autorise à lui dicter sa conduite. Néanmoins, ma remarque est pertinente et elle hoche la tête d'un air renfrogné. Elle soulève Marc sous les aisselles, pivote à cent quatre-vingts degrés autour de moi et glisse ses épaules sur la banquette arrière. De mon côté, je lui tiens les chevilles et, lorsqu'elle m'en intime l'ordre, pousse dans sa direction pour faciliter le mouvement. Comme je m'y attendais, la lourde carcasse de mon chéri frotte contre le tissu synthétique et freine le déplacement. Lucie a beau s'échiner à appuyer de toutes ses forces sous ses bras, elle ne parvient pas à lui faire dépasser la moitié du siège.

— Il faudrait que tu le tires depuis l'autre portière, suggéré-je d'une voix que je m'efforce de rendre la plus neutre possible.

Je retiens mon souffle. Si elle réfute ma proposition, mon plan tombe à l'eau. Elle se redresse, observe la situation pendant plusieurs interminables secondes avant d'acquiescer à contrecœur.

— OK, je vais faire ça. Toi, tu ne bouges pas.

Elle me lance un regard menaçant et contourne le véhicule par l'arrière. Lorsqu'elle se trouve dans l'angle mort de la voiture, je plonge la main dans la portière et m'empare du marteau brise vitre que Marc y a rangé. Si j'avais su qu'un jour, l'obsession de mon homme pour la sécurité me permettrait de lui sauver la vie (en tout cas, je l'espère), je n'aurais pas ricané bêtement quand il a garni chacun des vide-poches de son Audi de ces dispositifs d'urgence. Je planque l'outil dans mon dos en l'enfonçant dans la ceinture de mon pantalon et me félicite d'avoir pensé à enfiler une veste ce matin : le pan le recouvre assez pour que la criminelle ne se doute de rien. Avant qu'elle n'ouvre la porte d'en face, je reprends ma position statique, mains serrées devant moi pour masquer leur tremblement. Je suis parcourue de bouffées de chaleur et j'ai le cœur qui bat si vite que j'ai l'impression que je pourrais faire une crise cardiaque d'une minute à l'autre.

Pourvu qu'elle ne remarque pas la sueur qui perle sur mon front, sinon je suis foutue.

Elle me scrute avec suspicion, mais ne décelant rien de louche, revient à sa préoccupation première : faire rentre le mètre quatre-vingts de son otage sur la banquette. Comme je l'avais prédit, l'opération se révèle cette fois plus aisée, même s'il nous faut tourner Marc sur le côté et lui relever les genoux pour le caser dans l'habitacle.

La tâche achevée, Lucie revient vers moi. À mon grand soulagement, son revolver est toujours coincé dans son dos.

— File-moi les clés maintenant, m'enjoint-elle d'un ton sec, en tendant la main vers moi.

Je fais mine de fouiller la poche arrière de mon jean, me saisis de mon arme improvisée et la frappe au milieu du front de toutes mes forces. Sous l'effet de la surprise et de la douleur, elle pousse un hurlement lorsque le marteau heurte son os frontal. Le choc produit un bruit mat et elle vacille en arrière. Profitant de son déséquilibre et de son étourdissement, je plonge et la plaque au sol. Je m'assieds à califourchon sur son torse et dans un cri de rage guttural lui assène un deuxième coup, puis un troisième et un quatrième. La fureur décuple la puissance de mes attaques et me rend insensible aux griffures qu'elle m'inflige au visage et à l'uppercut au menton qu'elle me balance. L'agression qu'elle a commise contre Marc, ses tentatives pour m'écarter de lui et saboter notre amour… Autant d'images qui tournent dans ma tête et font de moi une combattante redoutable. Je suis déchaînée et mon marteau se révèle très efficace pour blesser un assaillant. Lorsqu'enfin mon adversaire perd connaissance, je m'abstiens de la frapper à nouveau, même si j'en rêve. Cette psychopathe ne vaut pas la peine que je devienne une criminelle à mon tour. Je lui confisque son pistolet, la traîne jusqu'au garage et claque la lourde porte en métal. Je cours jusqu'à ma voiture et me glisse derrière le volant. Mes doigts tremblent tant que je dois m'y reprendre à deux fois pour enfoncer la clé de contact. Je démarre le moteur et avance jusqu'à ce que le capot de l'Audi cogne contre la porte du garage.

Et voilà, aucun risque qu'elle ne parvienne à s'enfuir.

Je m'autorise enfin à fermer les paupières et à prendre une grande respiration pour faire redescendre mon niveau d'adrénaline. Ce n'est pas le moment que je tombe dans les pommes. Lorsque mon rythme cardiaque a recouvré une vitesse acceptable, je me précipite à l'arrière pour prendre le pouls de Marc. Les larmes me montent aux yeux lorsque j'ai la certitude qu'il est bien vivant. Je dégaine alors mon smartphone et appelle le Samu. Une fois mon coup de fil passé et les ambulanciers informés des coordonnées et de l'état de santé de la victime, je compose le 17 pour alerter la gendarmerie que les Postant viennent d'être victimes d'une agression. Je m'abstiens en revanche de préciser l'identité de l'attaquant. L'adjudant Merlot découvrira bien assez tôt qu'il s'agit de sa cousine. Cette dernière a d'ailleurs repris conscience et cogne depuis plusieurs minutes contre la paroi métallique qui la retient prisonnière. Elle émet des rugissements de bête sauvage et débite des insultes à n'en plus finir à mon encontre.

Au fond de moi, je ne peux m'empêcher de me réjouir de l'entendre tempêter ainsi. La prochaine fois qu'elle passera le seuil du garage, ce sera les menottes aux poignets. Maintenant, il est temps de regagner la maison pour délivrer ma famille.

J'arrache pratiquement la poignée de la porte du sous-sol et dévale les escaliers quatre à quatre. En me voyant surgir, les cinq otages, assis au sol, bondissent sur leurs jambes. Je réponds à la supplique muette que je lis dans les yeux noyés de larmes de Brigitte.

— Marc va bien, j'ai appelé les secours. Et Lucie est hors d'état de nuire.

L'émotion la submerge et elle éclate en sanglots, serrée contre le torse de son mari qui la berce en lui murmurant à l'oreille « C'est fini, mon cœur, notre fils est sauvé ». Jules les rejoint, la démarche chancelante, pour bénéficier lui aussi d'un câlin. Son visage blême témoigne de l'angoisse que le jeune homme a ressentie pour son oncle durant sa captivité. À mon tour, je fonds en larmes et tombe dans les bras de mes parents.

— Ma chérie, j'ai eu si peur de te perdre, articule ma mère, la voix brisée.

Sa déclaration chamboule mon cœur déjà malmené et mes pleurs redoublent d'intensité. Seule la vision de mon chéri, allongé sur la banquette de l'Audi, m'empêche de m'effondrer.

— On doit s'occuper de Marc. Il est seul dans la voiture.

Je les guide jusqu'au véhicule et, sans perdre une minute, Jules et Edmond transportent le corps toujours inanimé dans le salon.

— Allongeons-le sur le canapé, en position latérale de sécurité, ordonné-je, me remémorant mon stage de premiers secours à la Croix-Rouge.

Je viens juste de caler sa tête à l'aide de son bras lorsque les paupières de Marc tressaillent. Mon cœur fait un bond dans ma poitrine. J'attrape sa main et la serre dans la mienne.

— Je crois qu'il revient à lui, dis-je dans un souffle.

Mes beaux-parents se pressent à mes côtés au chevet de leur fils. Enfin, ses yeux s'entrouvrent. Je réprime un sanglot de bonheur et murmure :

— Mon amour, comment te sens-tu ?

Marc toussote et rive ses iris chocolat aux miens.

— Comme si j'étais passé sous un rouleau compresseur.

Je ris bêtement et des larmes roulent sur mes joues.

Nos retrouvailles sont interrompues par le bruit des sirènes du Samu. Jules se précipite sur le perron pour accueillir les ambulanciers et les mener jusqu'à son oncle. En chemin, il leur résume la situation. Deux hommes en blouse blanche s'agenouillent près de Marc et vérifient ses constantes vitales : pouls, tension artérielle, rythme cardiaque, réflexes oculaires.

— On l'emmène, annonce le plus âgé. L'examen est normal, mais comme il a reçu un choc sur la tête, on va lui faire passer un scanner pour s'assurer qu'il n'y a pas de lésions cérébrales.

À ces mots, j'ai les jambes qui flageolent. Je dévisage l'homme en blanc, un éclair de panique dans les yeux.

— Il… il… il va s'en sortir ?

Le visage de l'infirmier se fend d'un sourire rassurant.

— C'est un simple examen de précaution. On ne peut pas exclure une légère commotion cérébrale, compte tenu de la perte de conscience, alors on va le garder en observation quelques heures pour s'assurer qu'il n'y a pas de complication.

Je pousse un soupir de soulagement et pose un baiser sur les lèvres de Marc. Au loin, des sirènes retentissent à nouveau.

— Je te rejoins dès qu'on en a terminé avec les gendarmes, lui dis-je d'une voix encore tremblante.

Les ambulanciers évacuent mon chéri sur un brancard, malgré ses protestations. L'entendre pester contre le fait d'être transporté comme un grabataire me rassure sur son état de santé : s'il râle, c'est qu'il va mieux !

À peine le véhicule des secours a-t-il quitté l'allée que deux voitures bleues apparaissent au coin de la rue et se garent dans un crissement de pneus. Régis Merlot et son crâne chauve sortent en premier, suivis de trois collègues. Je reconnais parmi eux le gendarme patibulaire qui m'avait terrorisée lors de ma garde à vue. Je chasse ce mauvais souvenir et rejoins mes beaux-parents qui sont déjà en train de serrer la main des flics. À l'intérieur du garage, Lucie produit un vacarme de tous les diables. Elle a dû trouver un objet en métal et le fracasse de façon répétée contre la porte, sans doute pour tenter de l'enfoncer.

— Qu'est-ce que c'est que ce raffut ? nous interroge l'adjudant en fronçant ses épais sourcils.

Brigitte se charge d'éclairer sa lanterne, d'un ton où pointe une once de satisfaction.

— C'est votre charmante cousine qui, après avoir assassiné Fernand Guichard, a tenté de s'en prendre à notre fils et à sa compagne. Camille l'a enfermée là-dedans en attendant votre arrivée.

— Quoi ! tonne le flic d'un air mauvais. Qu'est-ce que c'est que ces salades ?

Il se tourne vers moi et me menace de son doigt boudiné :

— Et vous, si vous avez osé toucher à un cheveu de Lucie, vous allez me le payer !

— Ça suffit, Régis !

La voix tonitruante d'Edmond prend tout le monde au dépourvu. Il s'avance vers Merlot et le domine de sa hauteur.

— Vous cessez immédiatement votre ridicule crise d'autorité. Ce n'est pas parce que vous portez un uniforme, froissé de surcroît, que cela vous autorise à tyranniser ma famille. Que cela vous plaise ou non, votre cousine s'est rendue coupable d'un homicide et si vous n'aviez pas été assez stupide pour bâcler votre enquête et vous acharner sur Camille, vous l'auriez découvert depuis longtemps. À cause de votre incompétence, cette meurtrière s'en est prise à ma famille. Elle a agressé mon fils, nous a menacés, retenus en otage sous la contrainte d'une arme à feu et elle aurait certainement tué l'un de nous si Camille ne l'avait pas mise hors d'état de nuire. Alors, vous allez me faire le plaisir de faire votre boulot et de la placer en détention, ou bien je passerai un coup de fil au préfet et lui expliquerai que vous protégez une criminelle.

La silhouette ronde et trapue de l'adjudant rapetisse à vue d'œil. À la fin du discours enflammé de mon beau-père, il ressemble à un nain de jardin rouge et transpirant.

— Je, heu, il est possible que j'aie mal interprété certains faits. Vous dites que Lucie serait l'assassin de monsieur Guichard ?

Je me mêle à la conversation pour exposer au gendarme ce que j'ai découvert et lui coller sous le nez les photos incriminantes que contient mon smartphone.

— Et en outre, elle a avoué devant nous être celle qui a perpétré le meurtre, conclus-je avec un certain contentement.

Le flic secoue la tête, la mine défaite.

— Quand je pense qu'elle m'avait convaincu que c'était vous la coupable... Je suis navré, mademoiselle Joubert, d'avoir à ce point manqué de discernement. Vous comprenez, j'ai toujours considéré ma cousine comme ma grande sœur. Jamais je n'aurais pu imaginer qu'elle serait capable d'une telle violence et d'un tel machiavélisme.

La consternation teintée de tristesse que je lis sur son visage m'émeut. Alors, malgré les altercations qui nous ont opposés ces derniers jours, je pose une main amicale sur son épaule.

— Vous n'étiez pas dans une situation facile. Et vous ne pouviez pas vous douter que son esprit était perturbé à ce point.

Il pince les lèvres, songeur.

— Je vais prendre soin d'elle et m'assurer que durant son incarcération, elle bénéficiera de soins psychiatriques adaptés.

Après le départ des gendarmes et de leur prisonnière, Brigitte et Edmond m'invitent à partager leur véhicule afin de nous rendre en famille à l'hôpital retrouver Marc. Je suis touchée par leur proposition, d'autant qu'ils ne sont pas obligés de m'emmener puisque mes parents nous suivent avec leur propre voiture. Le trajet d'une vingtaine de minutes me semble durer des heures, tant je m'angoisse à propos de l'état de santé de mon chéri. Ma belle-famille n'en mène guère plus large et on entendrait une mouche voler dans l'habitacle.

Lorsque nous débarquons à l'accueil, l'hôtesse nous invite à patienter dans la salle d'attente pendant qu'elle informe le médecin de Marc de notre arrivée. Je tape nerveusement du pied contre le sol en vinyle, les yeux rivés sur le couloir aux murs blancs, encombré de brancards. J'ai la nausée et je ne saurais dire si c'est dû à l'odeur de médicaments et de désinfectant qui flotte dans l'air ou au stress qui me ronge depuis que l'homme de ma vie a été évacué en ambulance. Enfin, une jeune femme aux cheveux auburn coupés très court, vêtue de la traditionnelle blouse blanche, s'approche de nous.

— Bonjour, je suis le docteur Morvan, se présente-t-elle en nous serrant la main.

Celle que je lui tends, telle un automate, est glacée, symptôme de la vague de froid qui vient d'envahir mon corps. Je scrute son visage aux traits fins, cherchant à déceler un indice sur les nouvelles qu'elle s'apprête à nous annoncer. Peine perdue, son expression est indéchiffrable. Elle attaque ses explications par un rappel des constantes du patient lors de son admission. Je me mords les joues pour ne pas lui hurler que je me contrefiche du pouls et de la tension de Marc, je veux juste savoir comment il va. Lorsqu'elle commente dans un jargon incompréhensible les résultats du scanner, je craque et la coupe.

— Excusez-moi. Je ne comprends pas tous les termes techniques que vous utilisez. Je voudrais juste que vous nous disiez si mon compagnon se porte bien ou s'il y a des complications dues à son traumatisme crânien.

Sa bouche s'arrondit sous l'effet de la surprise, puis elle m'adresse un sourire chaleureux.

— Je suis désolée, je n'avais pas réalisé que vous étiez inquiets. Je pensais que mes collègues du Samu vous avaient déjà rassurés. Votre ami se porte comme un charme. Il pourra sortir dès demain. Simple précaution de routine, nous préférons le garder en observation cette nuit pour nous assurer de la complète disparation de l'œdème.

Ma vue se brouille de larmes.

Il est sauvé !

— Qu… quelle chambre ? bredouillé-je entre deux reniflements.

Le médecin hausse un sourcil surpris mais devine qu'il vaut mieux éviter de me contrarier.

— Chambre 212, au bout du couloir à droite.

Je suis déjà à trois mètres lorsque le mot « merci » franchit mes lèvres, lancée en pleine course vers mon amour, vers mon bonheur, vers mon avenir.

Épilogue

Sur le cerisier en fleur, des mésanges gazouillent en sautillant d'une branche à l'autre. Le doux soleil de printemps caresse ma peau blanche et je ferme les yeux pour humer les parfums de lilas et de chèvrefeuille qui embaument l'atmosphère.

— Je mets ça où, madame ?

J'ouvre les paupières et découvre un jeune homme aux joues parsemées de taches de rousseur, les bras encombrés d'un plateau argenté garni de verrines. Je résiste à l'envie d'en voler une et lui indique une immense table recouverte d'une nappe en blanche, sous la tonnelle dressée pour l'occasion. Le gamin obtempère et repasse en courant deux minutes plus tard pour décharger le reste du déjeuner, qui attend dans la camionnette grise sur laquelle s'étale en lettres noires le nom d'une agence de location.

— Camille, les premiers invités seront là d'une minute à l'autre !

Je tourne la tête en provenance de la voix féminine. Brigitte remonte l'allée du jardin dans ma direction, vêtue d'un élégant tailleur gris perle. Pour ma part, organisation oblige, j'ai opté pour un jean et des ballerines. Ce n’est pas grave, puisque ce n’est pas moi la star de la journée.

Je rejoins ma belle-mère et nous terminons d’installer les décorations. Elle ne s’est pas trompée dans ses prédictions. Nous venons juste d’agrafer le dernier ruban rose autour du buffet quand un groupe de cinq personnes fait son apparition. Parmi eux, Edmond, très chic dans son costume en soie, leur narre l’histoire de la propriété et comment elle a été bâtie par son aïeul en 1873.

Bientôt, la pelouse grouille de monde. Je suis en train de déguster une coupe de champagne en compagnie de Marc lorsqu’une main se pose sur mon épaule. Je me retourne vivement, surprise par ce geste familier. Mes lèvres s’étirent en un large sourire lorsque je reconnais le visage chaleureux aux cheveux presque rasés.

— Adrien !

Il m’embrasse sur les deux joues et tend la main à mon chéri pendant que je fais les présentations.

— Alors c’est vous, le fameux chef qui avez accompli des miracles avec ma compagne ! s’amuse Marc, une lueur de malice dans ses iris noisette.

Je lui donne un coup de coude pour la forme et félicite le cuisinier pour l’excellent déjeuner qu’il nous a concocté.

— C’était bien naturel, après l’article dithyrambique que vous avez adressé aux critiques gastronomiques. Grâce à vous, le Bistrot du marché ne désemplit pas. Et pour tout vous avouer, je songe à démissionner pour ouvrir mon propre restaurant. L’inspecteur du Guide Michelin dit que je pourrais obtenir une étoile si j’exerce dans un lieu au décor plus raffiné.

Nous sommes interrompus par le bruit d'un couteau qu'on frappe contre un verre.

— Votre attention, s'il vous plaît !

Les conversations cessent et les têtes se tournent vers Edmond, qui s'apprête à faire un discours.

— Je vous remercie tous d'être venus aussi nombreux à notre déjeuner de bienfaisance. Comme vous le savez, ce repas vise à récolter des fonds en vue de la restauration de notre demeure de famille. Grâce à l'acharnement de ma belle-fille, Camille Joubert, notre demande de classement aux monuments historiques devrait aboutir d'ici une semaine ou deux. Avec ce statut, nous bénéficierons de subventions publiques qui, combinées aux sommes recueillies aujourd'hui, nous permettront de financer l'intégralité des travaux de rénovation, intérieurs et extérieurs, de cette bâtisse construite il y a presque cent cinquante ans. D'avance, un grand merci pour votre générosité et je vous demande une ovation pour Camille, sans qui rien de tout ça n'aurait été possible !

Je rougis lorsque la foule m'applaudit. Je ne m'attendais pas à ce que mon beau-père fasse de moi l'héroïne du jour. À son tour, Marc me félicite :

— Tu as vraiment eu une idée géniale en entamant cette procédure de classement aux monuments historiques. Sans parler de ce buffet de charité. Tu sais que tu es exceptionnelle ?

Il passe ses mains autour de ma taille et m'embrasse. Ses lèvres ont le goût acidulé du champagne qu'il vient de boire.

— À mon tour, maintenant, annonce-t-il en mettant fin à notre étreinte.

Avec stupéfaction, je le regarde s'avancer vers le buffet et, comme son père avant lui, faire tinter une cuillère contre sa coupe.

— Je vous demande une minute d'attention, s'il vous plaît. Je ne serai pas long.

Le brouhaha s'estompe et les invités scrutent avec étonnement l'homme qui vient perturber leur discussion. Je devine, aux sourcils relevés de mes beaux-parents, qu'ils n'étaient pas au courant de cette intervention. Marc continue de sa voix grave et harmonieuse :

— Comme beaucoup d'entre vous le savent déjà, il y a quatre mois de cela, un drame s'est joué dans ce village. Un vieux monsieur a été assassiné et ma propre famille s'est vue menacée. Quant à moi, je serais mort à l'heure qu'il est si une femme courageuse ne s'était pas dressée contre la criminelle. Elle a élaboré en quelques secondes un plan ingénieux pour tromper la meurtrière et n'a pas hésité à l'affronter au péril de sa vie. Grâce à elle, la coupable de meurtre de Fernand Guichard est sous les verrous. Cette femme merveilleuse, mon père vous a cité son nom tout à l'heure. C'est ma compagne, Camille Joubert.

Il marque une pause et m'adresse un sourire éblouissant. Mon cœur rate un battement. Je ne m'attendais pas à ce que lui aussi me rende hommage. Tous les yeux sont braqués sur moi et la foule m'applaudit de nouveau. Je me sens rougir jusqu'aux oreilles. Alors que je pensais son discours achevé, mon chéri poursuit, en s'adressant directement à moi :

— Camille, tu es la chose la plus incroyable qui me soit arrivée, le bonheur de ma vie, le soleil qui éclaire mon existence. Et cette existence, je ne peux plus la concevoir sans toi.

Il observe un silence, que seul le chant des oiseaux vient troubler. Il s'approche de moi à pas lents. Ma respiration s'arrête puis repart de plus belle. J'ai les jambes en coton lorsqu'il prend ma main entre les siennes.

— Camille, mon amour, veux-tu m'épouser ?

Alors, j'oublie tout ce qui nous entoure et je m'effondre dans ses bras en chuchotant un « oui » à son oreille.

Remerciements

Au risque de me paraphraser, je commencerai ces remerciements de la même façon que les précédents : en remerciant mon chéri. Parce qu'il sait m'écouter lorsque je doute, psychote, hésite, tergiverse. Parce qu'il sait partager mon enthousiasme lorsque je fantasme, imagine, rêve, espère. Parce qu'il sait me rassurer lorsque je suis déprimée, découragée, dégoûtée, désillusionnée. Parce qu'il ne se lasse pas lorsque je ressasse, radote, rabâche, répète. Bref, il est formidable, adorable, irréprochable, incomparable.
Mille mercis aussi à ma maman, qui est incontestablement ma première fan et ma meilleure commerciale.
Merci bien-sûr à Camille, qui non contente de porter le même prénom que mon héroïne, répond toujours présente pour relire mes manuscrits.
Merci à Frédéric et Morgane, de City Éditions, de m'avoir renouvelé leur confiance avec ce nouveau roman.
Merci à Violaine Georgiadis, des Éditions Alter Real, d'avoir permis au public de découvrir le personnage de Camille dans « On n'attire pas les hirondelles avec du vinaigre ».
Et bien entendu, un immense merci à vous, lecteurs ! Car sans lecteurs, un livre n'existe pas. Alors, merci de prendre du plaisir à lire mes histoires, merci de me faire partager vos avis, merci de me suivre. Et je vous dis à très vite !

Achevé d'imprimer en août 2020
sur les presses de la Nouvelle Imprimerie Laballery
58500 Clamecy
Numéro d'impression : 008178

Imprimé en France

La Nouvelle Imprimerie Laballery est titulaire de la marque Imprim'Vert®